南乔北年

张婉妤 著

河南文艺出版社
·郑州·

图书在版编目（CIP）数据

南乔北年/张婉妤著. —郑州:河南文艺出版社,
2019.5（2022.5 重印）

ISBN 978-7-5559-0833-3

Ⅰ.①南…　Ⅱ.①张…　Ⅲ.①散文集-中国-当代
Ⅳ.①I267

中国版本图书馆 CIP 数据核字（2019）第 080767 号

出版发行	河南文艺出版社
本社地址	郑州市郑东新区祥盛街 27 号 C 座 5 楼
邮政编码	450018
承印单位	河南龙华印务有限公司
经销单位	新华书店
纸张规格	889 毫米×1194 毫米　1/32
印　张	5
字　数	78 000
版　次	2019 年 5 月第 1 版
印　次	2022 年 5 月第 3 次印刷
定　价	40.00 元

印厂地址　河南省获嘉县亢村镇纬七路 4 号
电　话　0373-6308298

目　录

目　录

目 录

目 录

附 录

孤独与戈

如果回忆像钢铁般坚硬，那么，我是该微笑还是哭泣。如果钢铁像记忆般腐蚀，那么，这里是欢城还是废墟。

当你洗去这些年的尘埃，重新站在时间干净的起点，你不一定过得比现在快乐。时光倒流的前提，一定是要让我保留这些年的记忆。

我不知道这算是怎样一种心情。很多时候，我固执到为一些人放弃一些东西，甚至是习惯。可是到后来，很多人都是离开。那些百毒不侵的人，曾经都无可救药。我想我大抵也是如此。如果真的是把一无所有作为起点，那么之后的就是获得，进而好好珍惜吧。也许一个人要走很长的路，经历过生命中无数突如其来的繁华和苍凉才会变得成熟。

一直想着离开，却从没有真正地离开过。我深知我依然如此，始终做不到狠心，才得以让自己一直活在回忆里，一直憧憬着不可预知的未来。可是依然乐此不疲。

也许一个人最好的样子就是静一点。哪怕一个人生活，穿越一个又一个城市，走过一条又一条街道，仰望一片又一片天空，见证一场又一场离别，于是终于可以坦然地说，我终于不那么执着。

微光倾城

他们说，完全忘记过去的人，才会不惧怕未来。可是你看，我始终忘不了过去，所以才会如此惧怕未来。怕我的未来没有你的存在，怕你也会离开，怕自己走着走着就再也找不到你了。他们说，如果你遇到一个可以让你忘记过去的人，那么这个人就是你的未来。我笑而不语。直到你的出现，我才知道我可以忘记过去，我想要一个未来。

Agoni，中文谐音是：爱过你。这么深刻地爱你，却终究是痛苦。

感谢我生命中的每一个人，感谢他们对我所做的一切，好的不好的，我才能慢慢成熟起来。

她说，让我骑车带你兜风吧。一个人在这破城市穿梭，没有目的，没有心情，只想你坐在身后。

如果时光变了，世界暗了，整个世界都闭上眼睛了，在你看不到我的时候，我是不是就可以对你说"我爱你"，你却回答我"哦"。我看得到你的时候你也可以说的。

我多想拥抱你，可惜时光里山南水北，可惜你我之间人来人往。

青城薄暮

一直活在小生活里，没有太多波澜起伏，亦没有太多流连忘返，只是安静平淡地生活着。

在这个钢筋混凝土的城市，我会终老。择一城终老，大抵就是这个意思吧。

第一次听到你对我说"我爱你"，我的世界瞬间鲜花绽放。

有时候突然担心这辈子遇不到我喜欢也喜欢我的人。后来学会在轻淡无形、不给别人施加压力的情况下去爱一个人。很好地爱一个人需要经过漫长的时间，甚至用一生的时间才能办到——保持足够的距离，拥有适宜的谦卑。

我记得有人曾说过，最怕的不是变心，而是不知怎么了，感情就不在了。如果慢慢地感情就不在了，那就重新开始培养吧。直到彼此再一次爱上对方为止，决不放弃。可是到后来，回头看，那个人早已不在。我一个人走了多久？

深深地将思念拥入怀里，紧紧地贴在胸口，静静地去聆听心哭泣的声音。此生，在爱与不爱之间我选择了前者。我不会后悔，也不愿去后悔。

我还是会相信，星星会说话，石头会开花，穿过夏天的栅栏和冬天的风雪过后，你终会抵达。

走进夕阳下的林中

冬季。下午 6 点30分。白雪皑皑的树林。夕阳映山。一个人站在其中，默默地研究着自己的心境。无语。白雪在夕阳温柔的抚慰下，反射着金色晶莹的光点，像人生，总会有属于自己的巅峰，短暂却格外辉煌。

百般无聊，百般无奈中，我站在林中，抬头望天。就这样，静静地站着，与天空有个约会。

教室里无聊的吵闹，那一瞬间我什么都听不见了；操场上喧闹的人群，那一瞬间在我眼前消失了。世界变得好静，静得让我可以听见自己心跳的声音。如果说蓝色会使人忧郁，那么黑色则可以使人安静，至少是可以使我安静。心不再属于我，心在飞扬，飞得好远好远，它在追寻什么？是梦吗？是那烟花下的美景吗？我不知道，时间仿佛停滞，空气似乎凝结，我从来没有过如此的感觉，心从来没有过如此的安静。我知道我想要什么。

慢慢打开心扉，随着一丝冷风吹近，微微地颤抖，在夕阳的抚慰下放松、镇静。让心中的灰尘，在夜的保护下静静沉淀。微弱的呼吸迎合着平静的心跳，混着血液的流淌。在这样的黄昏，我又开始做梦。准确地说，是那种被世人认为不现实、虚幻、缥缈、空灵的白日梦。社会是现实的，是不允许有这种空灵的白日梦存在的，残酷的社会现实如同万籁寂静的夜中跳出的不安分的音符，伤了夜的寂静，伤了月的温柔，伤了大地的祥和……但那又怎样？它不能持续地破坏这份宁静。因此，我依旧不会让梦止步，因为——Dreams are my reality ,a different kind of reality.(梦想是我的现实，一个不同的现实。)

敢于做梦的孩子是不会害怕面对现实的，正如一个忙于现实的孩子是无暇做梦的。

面对现实，要先面对自己，或者说，面对真我。因为真正打败一个人的不是社会，是他自己。任何事物都有自己的归属，独自拥有一个事物是一件很奇妙也很美妙的事。这不同于你的事业、金钱、荣誉，你走了，带不走的是它们。只有梦是你的，一个真正属于你自己的世界。梦里，你没有面具、没有伪装、没有谎言。也正因为如此，梦中的你是贪婪的，是邪恶的，是黑色的。但是，很真实。那里有人的本性，还未泯灭。

我弄不清是我的心在背叛我的脸，还是我的脸在背叛我的心。明明不开心，却要强颜欢笑，是虚伪还是别的什么，我不知道。世界空虚了，我的心灵空虚了。天都变了，我才发现我根本就不了解自己。我不知道我究竟是怎么了，是长大了吗？如果是，我宁愿自己还是个孩子。很可悲，是吗？忽然想起了她。她说过，我是一个矛盾的集合体。或许吧！

　　在成长的历程中，可以真真实实地感觉到我在变。我讨厌自己的变化，我厌恶自己的懦弱。我不敢去回忆已逝的快乐时光，不敢去想象未来的艰难坎坷，不敢去追求自己想要的东西，不敢去面对某些过去的朋友，不敢去……终于累了，我才发现我失去了很多很多。于是，我开始逃避，逃避一切可能会触及我心灵的东西。没有原因，只是害怕。我觉得自己是一只得过且过的寒号鸟，很悲哀。如同今天，躲在这最不起眼的角落里，抬头望天，只是为了躲避那些笑声。

　　我渴望自己是一条鱼，一条不美丽但是很快乐的鱼，在那片静谧的心海中自由穿梭，让天空的阴霾和世俗的尘埃在这心海中逐渐透明。她说过，鱼有鱼的烦恼，你会后悔的。我无悔。鱼只要有水就会快乐，鱼生活在水的心中。

　　我的世界一直在下雨，淅淅沥沥的那种。雨花溅起在心灵深处，荡起一段段涟漪。"生命有时就如一场雨，看似美丽，但更多的时候你得忍受那些寒冷的潮湿，那些无奈与寂寞，并且以晴日幻想度日。没有阳光时你自己便是阳光，没有快乐时你自己便是快乐。"我的世界里，雨并不美丽，而最美的是在绵绵雨夜中听雨，闭上眼睛听这最古老而富有神韵的敲击乐。雨天，我没有板仓雨子那件美丽的雨衣来点缀我的视线，我也有寒冷和潮湿，也有无奈与寂寞。我不是自己的阳光，更不是自己的快乐。我的阳光，我的快乐或许逝去，或许还在远方轻声召唤。终有一天，我会是自己的阳光、自己的快乐。

手纹构成手相，据说能反映一个人的寿命、爱情和财运。摊开你的掌心，手纹像叶脉一样，在掌中缠绕、蔓延，如同血管在心脏上盘旋，一丝一缕，构成的那独特的线条是什么？是心相吧？！是人类存活的希望、动力、源泉，跳动的每一下都如此坚定有力。它又象征着什么？象征着生命，还是思维，抑或是理想？没人知道。

我唯一知道的是，它的跳动支持着人类的梦想。社会太现实，童话太虚幻，只有在半梦半醒之间，睁开你的眼眸，朦胧地看着一切，也许反而可以看得更清楚。

很多时候，除了怀念，还能怎么样呢？就像我喜欢在阳光下闭上眼，满眼幸福的橙色，但猛地睁开眼，那道幸福的光便会刺痛我。享受白云的悠然，静静聆听风的脚步，看着来来往往的人群，然后我便相信一见钟情和浪漫漫步都会使爱变得脆弱。在这样的时节里，爱浪漫的人总会有许多美好的事，但有时，不浪漫的人也会有的。一切都很平静和谐。残余的树叶孤零零地在枝头打着旋儿，如同迷茫无情的岁月将自己内心的一种渴望彻底地粉碎，碎片像雪花一样从头顶落到脚心，发出清脆的"哗啦"声。

整个世界都很忙碌，包括我们；任何事都很现实，包括爱情；每件事物都无暇驻足，包括时间；所有的一切都转瞬即逝，包括生命。人们羡慕着青春，憧憬着爱情，追逐着时间，损耗着生命。但请无论如何不要忘记一件事，那就是在夕阳照耀大地时站在林中，再回头看看自己的心相，因为林中夕阳下的心相，是你的梦想……

泼　墨

　　夏凉诺坐在考场第一排，靠窗的位置，可以看到外面的天空。监考老师提示考试已经进行了一个小时，有同学交了试卷，事先知道答案的凉诺早已抄完了，却不愿交卷。曾经的习惯还是改不了。这样安静的环境凉诺很喜欢。中途，收到一位作家朋友的短信，告诉凉诺，他设计了一个10万字的剧本。凉诺很久不写东西了。每当看天的时候都会想起那个叫徐小盼的女子，比如此刻。凉诺倔强地抬着头，没有任何角度，只是随意地看着天。

　　走出考场，凉诺去盥洗室换了一身衣服——喜欢的背带短裤。是的，今天妹妹结婚。还好考场离妹妹家不远。略微昂着头走路，脸上写着冷漠与孤傲。可纵然这样，依然会被别人不经意地撕开她的伤口，赤裸裸地展现开来。原以为本来就麻木的凉诺，这一次，却真的痛了。凉诺亲手撕开自己的伤口，看到自己的耻辱。很热闹的婚礼，凉诺一个人坐在角落，看着他们的热闹。凉诺想，这样热闹的场合终究不适合她吧。转头，看见外婆坐在那里，欢快地跑过去腻在外婆怀里。外婆也宠溺地搂着她，让她快去吃饭，说下午还要考试，然后往凉诺兜里塞了一大把吃的。凉诺心里一阵暖，从小到大，外婆总是这样。

"一杯水晶泪。"凉诺坐在一家叫作研磨时光的小店里，点了一杯小店自制的酒。与其说是酒，还不如说是饮料。那种自制的酒纯度太低，是这里一个叫作徐小盼的调酒师调制的，她说是为了一种纪念。而凉诺爱极了那种味道。

渐渐地，在小盼闲的时候，她们也有过简短的交谈。凉诺和小盼一样，都不大爱说话，很多时候，她们都是安静地坐着，很少谈论过去、现在以及未来。小盼会在凉诺出神的时候，画几张她的素描，这时候的小盼眼底满是哀伤。因为凉诺倔强的神情，像极了那个小盼深爱的男子——苏渐离。那年毕业，说好考同一所高中，而小盼却选择复读，苏渐离也选择了另一所高中，从此没了联系。毕业那一天，苏渐离狠狠地抱了小盼，没有太多的言语，只是舍不得。分别时，苏渐离看着小盼离开，一直到看不见她的背影，他的眼泪才狠狠地砸在地上。

然后，转身，离去。

"小盼，你在画什么？"凉诺打断了小盼的回忆。慌乱中不小心打翻了旁边的咖啡，那浓烈的颜色就渗到了白色的纸上。像记忆一样，开始泛黄。小盼不知道，这样慌乱的她有多狼狈。而凉诺的眼睛定格在那幅画上，自己并不好看的脸，在小盼的画笔下，勾勒出美好的线条。那天，凉诺决定一个人去中心广场看鸽子，她心情不好的时候喜欢独自走走。坐在中心广场的椅子上，看来往的人群，鸽子飞过，瞬间的阴影。一直都是昂着头走路。是的，凉诺的骄傲不许她在任何人面前低头。不停地走路，许是为了奔赴一场流浪。

　　下午5点。研磨时光。凉诺问小盼："小盼，你说什么是勇敢？"小盼停下手中的活，却久久不回答。"可是，小盼，我承认，我没有那么勇敢，当我一个人站在路边，看过往的车辆与行人时，我知道，我真的没有办法温暖起来。"

　　在凉诺认为徐小盼已经在她心里扎根的时候，是她来这里的第30天。这天她依然在那个时间去了那里。可是，却不见了小盼。凉诺慌了神，抓着新来的调酒师问："告诉我，小盼去了哪里？"新来的调酒师茫然地摇摇头。而小店的老板也说不知道。

　　凌晨。凉诺抱着双膝坐在角落。在天空泛起鱼肚白的时候，凉诺起身拉出行李箱，她决定独自旅行。在火车站，凉诺不知道要去什么地方。于是，闭上眼，往站牌上随手一指，睁开眼。好吧，那么就去青岛。坐在下铺，拿出手机，拨打了那个号码："小盼，我在去青岛的车上。"然后，抱着手机开始难过。不知道从什么时候开始，凉诺开始承认，她的悲伤是与生俱来的。小盼离开，没有留言，没有告别，就连电话也换了。凉诺在想小盼的时候，就会打那个已经是空号的号码，然后说很多话。一个人背着大大的书包，走在陌生的城市，陌生的街道，却不觉得陌生。习惯这样的感觉。坐在金沙滩上看夕阳，那一刻，内心终于安定下来。这样安静的城市，凉诺是喜欢的，深呼一口气，离开。

凉诺开始拒绝任何人提起小盼。街角，过马路，而你在哪里？我一个人。

琉璃远逝

七漠辰坐在电脑前，盯着屏幕上的那句话："我蹲在角落，数着过往的时光，你说的不见不散，你到了没有？"而屏幕上那个蜷缩在角落、不知所措的熟悉的身影，刺疼了七漠辰的双眼。两年前的她，那么爱笑，像个长不大的孩子，总是喜欢躲在自己的怀里。七漠辰曾抚着她的头发说她像找到主人的小猫一样，赶也赶不走。而她，就那样安静地抬头微笑着看自己。"小爱，我的小爱！"七漠辰喃喃着。他不停地翻看照片，突然，鼠标停在一句话上："我数到三，琉璃远逝，让我们一起捉迷藏。"照片是合成过的，一半是自己拉着行李箱离开的背影，另一半是她背着包骄傲如初地抬着头的背影。那应该是她所保留的最后的骄傲吧。一张一张地翻看——有坐在阳台上的，有站在路灯下的，有在等车的，有穿着厚厚的衣服，却都像曾经那样不戴围巾与手套。可是，那么多的照片，每张都让人心疼。

这两年来，她承受了多少？

不知过了多久，七漠辰看了看时间，已是凌晨，起身倒了一杯白水，这个习惯是在离开落小爱之后养成的。因为他记得小爱的所有嗜好，她不喜欢饮料，她只喝白水。喝完了一杯白水，七漠辰注册了一个新马甲，开始一张一张地去评论。那些痛，深不见底。很快，小爱就回复了他："不同的人有不同的故事，只是我是个没有故事的人，我的过去是被漂白过的。"

这么多年，他依然记得小爱喜欢叫他先生。她会没有来由地好多天不理自己，也会没有来由地一天打好几个电话。她是反复无常的。

情深至此

凌晨，一个叫"诠释"的人，评论了我那些照片，没人懂我曾经多么爱，可是，为什么有种似曾相识的感觉。难道他是漠辰？不，怎么会？我伤他那么深，他不会再回来了。漠辰，原谅我当时那么决然地离开。因为我容不得任何人喜欢你，听不得任何人说半句暧昧的话给你。就算退出，我也不忍心让你看到我的半点不舍。

曾经你信誓旦旦地说，会把我捧在手心里，不让我受一点委屈，有你陪我、疼我、爱我。可是，后来你都做了些什么？经常发脾气，在我做家务时觉得理所应当，偶尔因为一件小事闹矛盾时，竟然学会了动手。那个懂得心疼我、温柔体贴的你哪去了？可是，纵然这样，我依然爱你。直到有一天，小爱看到了一封给漠辰的情书。当然，后来漠辰还是在小爱那里看到了那封被珍藏在心底的情书。是的，她爱你，所有人都看出来了，为什么唯独我没有看出来？可是，我们是好姐妹，我怎么可以吃醋？

后来，你告诉我，她叫你小爸爸。说这句话时，你脸上那种宠溺的表情让我难过。我当着你的面，笑得比哭还难看。

"嘀嘀"，电脑的提示音响起。小爱看到那个人的回复："疼痛，那么深，深不见底。我能不能做那束阳光，照在你世界的每一个角落。0点升起，24点降落。"是漠辰。这句话是漠辰曾经说的，他说："小爱，你对我低头微笑，我便跟你天涯海角。"

瞬间的难过，然后，狠下心删了"诠释"。只是不想让他看到自己现在的狼狈。想把自己最美好的一面给他看。只是后来小爱预见未来，怕来不及温暖，于是从此陌路。只是为了能够让他记得自己。

小爱会突然莫名其妙地问漠辰："知道许愿星的秘密是什么吗？"漠辰摇头。而小爱则会望着桌子上的那瓶用纸折的许愿星发呆。小爱没告诉漠辰，瓶子里的每一颗许愿星都有一个秘密。

只是后来，小爱忘了告诉漠辰，其实许愿星的秘密是写给未来，再见。只是再也没有机会亲口说出来。

太多次的离开，只是一种形式，而这一次，毅然决然地离开，顾不上心痛，把自己关在黑屋子里，似乎习惯了听从命运的安排，而忘记了如何去争取。这样懦弱的小爱，仿佛偏离了坚强的轨道。

预见未来

　　漠辰后来一直在寻找小爱，正如当年小爱满世界地找他一样。漠辰从来没有想过小爱会离开，一直认为她是自己生命的一部分。在小爱一次次说分手时，难过得仿佛要死去一样。做不到没有小爱的生活，没有办法离开。

　　睹物思人？桌角的那瓶许愿星依然在那里守望，似乎还在等待。无意间，碰翻了许愿瓶，许愿星散了一桌子，被桌子上的水浸湿了。漠辰一张张地拆开，发现了里面的秘密。终于明白，小爱不止一遍地说，她记得许愿星的秘密。是不是知道得太晚了，而忘了如何去挽回。

　　忘了最后是如何离开的，离开后的漠辰变得沉默。开始练习小爱所有的习惯。他记得离开时小爱说的话，爱情和生活一样，需要用心去经营。漠辰不知道小爱预见的未来是什么样的，只是知道，自己再也没有办法给小爱未来。

　　漠辰试着在有太阳的时候，拉上厚厚的窗帘，偶尔透过指缝看外面的阳光，只是在这样的时候再也没有一个人陪他做同样的动作。时间定格在那一刻，漠辰坐在地上，双手微微张开放在眼前，却哭得一塌糊涂。左手无名指上的戒指让漠辰难过，那是小爱买给他的最后的礼物。分手那么久，这枚戒指已经成了他身体的一部分，再也没有取下过。好几次狠下心，藏起戒指，却又魂不守舍地重新戴上。

银戒指，简单的花纹，漠辰很喜欢。

那条围巾漠辰一直藏着。因为，全世界仅此一条。是小爱学了很久，亲手织给他的。那是小爱织的第一条围巾，也是仅有的一条。

蓦然回首

　　小爱常常问自己，放不下的究竟是什么？离开后，去了很多地方，有漠辰曾经去过的地方。走过一些街道时，小爱想，漠辰是否曾经也在这条街道徘徊？会在去往下一个地方时，给自己认为重要的人写明信片。而所有的明信片都是写给同一个人的，只是没有勇气寄出去。去不同的地方，认识不同的人，只是，再也不会付出感情。

　　不管去什么地方，小爱都带着一盆仙人球，给它取名叫臭臭。有时会因为人群过于拥挤而让仙人球扎到自己。火车上，邻座的男子说小爱就像一个开着美丽花的仙人球，用外表坚硬的刺来保护内心柔弱的自己。说小爱看似孤傲、冷漠、偏执，其实是个温暖至极的女子。说他从来没有见过带着仙人球旅行的人。小爱只是笑笑，依旧看着窗外。

　　这好像是一个冗长的梦，在梦里徘徊，泪水洒了一路，可再也回不去了。望着这一路的泪水和悲伤，默默地闭上眼，忘掉一切，一切……

　　夜晚，华灯初上，小爱一个人背着包走在路灯下，望着拉长又缩短的影子，小爱知道，这条路太长，永远也走不完。

太美的东西，是一种遗憾，爱是一种有缺憾的美，美在深处便是痛。也许生命在最美的时候死去，才是最好的归宿。是谁说，若相惜，不相离，像一只鸵鸟，难过的时候，把头埋在土里。

多年后，当蓦然回首时，不再希望灯火阑珊处，空无一人，期待那个人站在那里等候。

时光已老

　　漠辰看着一如当年那样决绝的小爱，心里已经明白，不管怎样，小爱都不会回来了，照片上的小爱已经没有了当年的笑容。习惯黑夜的颜色，已是凌晨，依然翻看那些照片。小爱说："听说，冬天来了，会很冷。如果我也可以冬眠，那会不会温暖一点。"照片上的小爱站在冰天雪地里。

　　在摩天轮上，小爱闭着眼睛，照片下面的话让漠辰难过——所以，总希望有一天能离开，就像候鸟忘记归途。这样的小爱，学会了坚强，却让漠辰心疼。而下一张照片，漠辰脸上露出笑容，小爱在一大片葵花园里，像个精灵一样。她说："我想抛开所有的脆弱，做一个如向日葵般的女子，浅笑嫣然。"

　　桌子上的水凉了，漠辰知道，这一段感情也像这杯水一样。可是谁都没有忘记。因为，所有的照片上，漠辰看到了小爱手指上的戒指，那枚戒指，他们都戴着。怀念归怀念，过去的终究过去了。

　　他们曾经爱过了。爱……过了。

　　你说，你会回来，回来的期限是很久很久，而我却躲在这座城市繁华的背后。

　　原来每个人都会温暖，只是那样的温暖不属于我。

　　我们拥有的多不过失去的一切。

　　如今，时光已老。我记得，死生契阔，与子成说。执子之手，与子偕老。

　　等待一个叫七漠辰的男子带我走。

葵花，暖阳

她说，我喜欢向日葵。她说，你就是我的向日葵，我是你的小太阳。

我总认为我是个病孩子，因为，我常怀疑我有强迫症、抑郁症。然后就任自己堕落下去，任自己悲伤下去。我写悲伤的小说，写凄凉的故事。它们都有一样的结局——分开。

只有她说，向日葵，你不知道你有多美好。其实，你是一块美玉。她说，我像向日葵一样，那么温暖，那么善良，那么一尘不染。

我把自己关在黑屋子里，不与人交往，只是安静地待在房子里。

我要怎么做才能做到你说的美好,暖阳?

咖 咖

　　她说，小爱，你在哪儿，我便在哪儿。可是走到最后，回头，便不见了那人。我究竟独自行走了多久？

　　对于她，我倾尽所有的温暖，我努力让她安心。最终，还是失去了。

　　她寄给我的手套，会温暖我所有的冬天。

　　说的此生唯一，到头来，只有我一个人去兑现。说过那深不见底的疼，让我来心疼。为何要离开。说我不给自己退路，也不给别人退路，那你呢？

　　曾经离你太近，而今又离你太远。

　　我要怎么做才能保持一个不远不近的距离呢，咖咖？

徐小盼

她说，多想和你一起去看看我们的三生石。

别人都说，三生石上刻着缘分，而我却不知道我的三生石上究竟刻着什么。

小盼，毕业那年，我含泪看你离开的背影。然后发了疯似的满世界地找你。一年后，接到你的电话，我哭得稀里哗啦。

四年后，再次听到你的消息，我小心翼翼地生怕再一次失去。

如今，七年了，我们没有见一面。我怕，见一面，我们都已不是当初的我们了。相见不如怀念。

要我怎么做才能陪你一起看那细水长流，小盼？

小情人

她说，妞爸爸，说好一起去西藏，我们签字画押。

去年，你独自一人辞职从广州来兰州。只为你的那份执着。那段时光，是此生最美的记忆。

一起吃，一起玩，一起上课，一起睡觉聊天。

真心话大冒险。那天最掏心。

如若下次见面，定将你狠狠抱在怀里。

一起没心没肺的日子，仿佛就在昨天。说好的约定。

要我怎么做才能一直这么走下去，小情人？

小凉茶

她说，我会跑进你的梦里，然后春暖花开。

是什么时候开始我忘了。只记得，某一天，她就住在了我心里面。

难过、无聊的时候，她讲笑话给我。开心的时候一起分享。莫名其妙地哭，她说，我好希望就此把你的泪融化在我的心里。

你在南，我在北。这样算不算天南地北。偶尔在想，我们相距多远。

你说要闭关，那么我等你。

要我怎么做才能伴你左右，小凉茶？

落小夕

她说，爱若不离，夕亦不弃。

小夕，你宛如凌晨盛开的那朵花，淡然美好。

你看到我的悲我的伤，然后告诉我，其实，我是不可以那么悲伤的。

那么，你呢，是不是也要开心一点？

要我怎么做才能陪你开心下去，小夕？

陆白白

她说，矫情的人儿，我终于找到你了。

初中毕业一直到高三，我的那段时光是空白的。直到高三快毕业，才与你相识。

一直在想，如果没有遇到你，我还会不会是现在这个淡然的女子。

如果没有你，我还会不会一如既往地孤独下去。

很庆幸，你一直在陪我走。很庆幸，你没有离开。

我是不是忘了说谢谢，那次你给我的那个别致的生日礼物。

要我怎么做才能看到我们一起白头，白白？

后来终于相信，终有那么几个人，会一直在我们身边。

窗外，阳光漫下来……

空白。独念。说与谁听

一下午的课,挑了靠窗的座位。阳光漫下来,暖暖的。

开始想念白白。忘了有多久没有联系,只是假期有太多事情,一直没有见面。偶尔一次打电话,还是手机没钱打给白白,然后白白给我交了话费。其实,我不知道要怎么说,如果没有白白,我会不会还是那个不懂温暖的人。

初三那年,离开小盼,我开始变得冷漠。高三那年,遇到白白,我开始相信,不管我多难过,都还有她。上周,因为想念,打电话给白白,却没有勇气说出我的想念,慌乱中,就问白白,陪我去逛街,好吗?挂了电话之后不久,我又发短信给白白,家里有事,不出去了。我还记得,至今为止,我收到的最好的生日礼物是白白送的。那天,我从学校回家,白白在车站接我,一下车,白白一只手里抱着一只猴子,另一只手里拿着一束花,用好多阿尔卑斯做的糖果花。白白,我是不是忘了说谢谢。

电话簿从头至尾翻了好多遍,不知道要打给谁。关上手机,黯然。

初三至高三，那段时光是空白的，因为小盼。高三，遇见白白，就下定决心不再离开。每天早晨背着书包到楼下，就会看见白白在等我，亦或是一回头，白白正好走过来。上课无聊时，会在桌子上写一些话。我偶尔的一句话，会让白白当笑柄说上好长时间。

白白，白白。你还记得白白这个名字是怎么来的吗？

你送我的那只猴子，我给它取名叫白白。这样，就算你不在身边，也有它陪我。

打电话问白白，十一去哪儿？她说不知道。我说，我们一起去外面走走吧。白白很坚决地大声告诉我，我不去！

下雨天。短讯。自说自话。

她说，我是个令人心疼的孩子。可是，我每天都躲在自己的世界，自说自话。偶尔觉得孤单，比如现在。所以，我想有一天去很多地方走走，哪怕是我一个人也好。看不同的人，不同的人去同一个地方，这样也不觉得孤单，我一直在努力做个温暖的人。

她说不开心了吗？我只是很久没有不开心，也很久没有开心了。

至少和白白在一起的时候，我是开心的。偶尔想起白白，嘴角上扬的弧度，也恰到好处。遇见的那年，我们还是学生，每天背着书包来来回回。偶尔大闹，会抱着书跑到很安静的顶楼，坐很久。依然记得，临近毕业，留言册满天飞，熟悉的不熟悉的都仿佛认识了很久一样，互相写离别的话。其实，我对这样的离别无所谓，人生本来就是分分合合。况且又没有太多感情，我似乎天生是个薄凉女子。

毕业之后，和大多数同学失去了联系。联系的人不超过三个，白白是其中之一，而且也是一直在联系的。除了白白，我没有其他朋友了。你看，我是个孤独的孩子，却乐此不疲。

时光很短，幸福很长。

后来我们都开始上班，闲暇之际，在网上聊天，晚上吃完饭一起出去散步，安静又平淡。取大学毕业证那天，我对白白说，晚上一起吃饭吧，我们庆祝一下。白白说，我只有和你在一起吃饭的时候才完全不顾及形象而且不做作。我们吃同一杯冰，玩同样的游戏。

一直没有认真地写过白白，说好要一起去报学习班的。楼下放着一首叫不上名字的歌，听起来很舒服。原来想念不是挂在嘴边。夜色也很美。算了，不说别的话了，免得你又说我矫情。

本想在你生日时送给你。抱歉，由于我的懒惰现在才完成。

独念的爱献给我的白白。

你的眉眼，我的哀伤

其实，每个人都是一座寂寞的城，固执冷漠，会不会有一天，因为行走，而相遇在另一座城市。

我固执地待在我的黑暗里，他们说的那些温暖的话，我冷笑着还击，不肯相信，最后的最后，渐渐冷漠，渐渐封闭，然后成为容颜苍白内心荒凉的女子。

很久很久，我提笔，再也写不出任何文字。我以为就这样荒废了。每天碌碌无为，没有太多朋友，习惯了一个人在家，买了很久的书，也没有再看过。自从工作后，仿佛懒惰了不少，没了心境做任何事，感觉一下子老了。

很少出门，无聊时便坐在窗台上吹泡泡，街边买的廉价的那种。早已忘了心情是怎样一种情绪，很多时候，不过是有人早来一步，有人晚来一步，或者有人始终没有在这里。错过就错过吧，早就学会了保护自己，就算一个人，也会活得很好。

相信，会有那么一天，会有那么一个人，在我最伤心的时候，为我撑起一片天。

躲在某座城，想念某个人。

用剩余的年华，奔赴一场流浪。

徐小盼，我们多久未见？

初三那年，你写在本子上，说我是你心中唯一美丽的神话。我食言，没有报考我们说好要一起去的那所学校，而你也没有去。于是，便断了联系。高二，你打来电话，我们抱着电话哭，然后又失去联系。大二，你又出现在我的生活中，时隔五年，我却没了勇气见你，我不是个绝情的人，可是，我下定决心离开你。后来，你的一句话——你是不是自此之后，和我各安天命——让我再次崩溃。我知道，我离不开。

有七年了吧，七年未见，我们早已不是曾经的我们。现在的我们，早已不在同一个世界，偶尔的短信，偶尔的电话，我已很知足。

我美丽的灵魂——徐小盼。请不要对自己没有信心，坚强努力地活下去。你要记得，你死，我也就死了。就算为了我，活下去。你知道，每一季花开，都是一场等待。莫名喜欢这几句：

君生我未生，我生君已老。

恨不生同时，日日与君好。

泪水经灵魂奔流……

周小妖，你究竟多神奇？

初识，是在一次网络征文大赛上，作为评审的我们就这么认识了。那时，仅仅是认识。忘了从何时开始，我们逐渐熟稔。记得有次，你打电话给我，我在公车上，挂了你电话，然后短信你，我在公车上，不想说话。后来你说，你想接近我，而我拒绝了。很神奇的是，你竟然真的温暖我，闯入我的世界。

你会没有任何预兆地跟我说很多话，说看不了我有忧伤，说忧伤的话。说我永远那么温暖。说"向日葵"这个词就是为我准备的。说我生来就是个温暖、忧伤、惹人百般心疼的姑娘。你说，你不会离开我，只要我不抛弃你。

我说过，我来了，就不走。

此生只做你一个人的向日葵小姑娘，而你是我一个人的疯狂小暖阳。

感谢一路有你，向阳向暖，未曾离开。

小夕，旅行的意义是什么？

最初太多的温暖来自单行。我们也是在那里相遇，你是个令人心疼的孩子，你总说我很忧伤，你何尝不是呢？去年你说要来看我，我开心很久，结果因为一些事，你没能来。最近你徒步去西藏，不时发一些途中的美景，真心羡慕你。你说从西藏回来路过兰州，你要来看我。

对了，谢谢你去年冬天寄给我的围巾和帽子。很多时候，我喜欢我们这样的距离，不远不近，刚刚好。

傻瓜夕，快乐一点，做个明媚的女子。什么时候开奶茶店呢？

一直想去旅行。很多原因导致我没有办法去，这次，算是你带着我的心一起去旅行吧。

你说，爱若不离，夕亦不弃。

落门大掌柜，我们有多熟悉？

薛潘，我们从我大一开始认识，有四年了吧。谢谢你这个疯子一直陪我疯，开始，你一直帮我打理山庄，一直在支持我。在我失落、难过的时候，你一直站在我这边。就算很晚，也要打电话给我，告诉我不要不开心，你损我，我知道你只是想让我开心一点。后来每当我说起这些，你总是借口很多，说什么电话费用不完，才打给我。好吧，貌似也只有你听到过我哭，你打来电话，我哭过很多次。后来，就算我再怎么难过，也没有哭过。

去年，你突然说要结婚了。我们相距很远，你也没有正式邀请我参加你的婚礼。本想寄礼物给你，可是不知道送什么好，怕弟妹生气，也就没送礼物给你们。一直觉得内疚呢。然后就一直找借口不给你礼物。你看，我们还真是太熟悉了。

记得你常说的就是，小爱，来，把你不开心的事说出来让我乐呵乐呵。然后深夜你还打电话给我，问我有没有不开心。当我想要放弃的时候，是你说，让我想想当初是什么让我坚持到现在。

我是落小爱。你是落门大掌柜。

伤 城

遇见的那年，我们说再见。

"如果还年轻，我想拥有一段纯真的爱情，然后努力去国外读书，告诉纯真爱情里的那个人，你，会等我吗？"许暖言坐在咖啡厅里自顾自地说了一大堆的话，完全不理会对面的楚光。而楚光似乎也习惯了许暖言这样的自言自语，微笑着一言不语。许暖言用小勺把咖啡杯弄得叮当响，然后，恨恨地对楚光说："喂，你怎么不说话？每次都这样，你来看笑话的对不对？你觉得我甩了一个真正爱我的人，对吧？"楚光一脸哀伤地看着许暖言。他知道，许暖言心里也不好受。正如这几年来，他一直默默地喜欢暖言一样，因为知道不会有结局，所以宁愿一直以朋友的名义在一起。

楚光依然记得，从来不喝酒的许暖言，有次竟然喝得不省人事，接到暖言胡言乱语的电话时，楚光正在公司开会，于是，急忙从这座城市的西边打车去暖言所在的东边。车上，楚光不停地讲电话给暖言，告诉她，不要乱走，不许睡觉，然后说一些无关紧要的话。而许暖言似乎没有听进去。电话里可以听到，暖言周围很吵，而且不断地有汽车经过的声音。楚光很担心地大声说："许暖言，你不许过马路，听到没，你坐在那里等我。"等楚光找到许暖言时，暖言一把推开楚光，一脸认真地说："你谁啊，离我远点。"楚光哭笑不得："我是楚光！许暖言，你还真是出息啊，喝成这样。"许暖言睁大眼睛用手指着楚光："你这人有病吧，你才喝酒了呢。"然后凑到楚光跟前嗅了嗅，用手在鼻子前扇了扇，"一身酒味，臭死了。"

　　接到楚光电话，急忙赶来的暖言哥哥则站在不远处，既心疼又气愤地看着暖言。走到暖言跟前，伸手为她拭去眼泪："傻丫头，干吗喝酒。"暖言闻到了熟悉的味道，抬头："哥哥，我难过。"

　　许暖言拿手在楚光面前晃了晃。楚光猛地回过神，暖言一脸阴笑："我说楚少啊，这么出神，想你哪个妃子呢？"楚光白了暖言一眼。许暖言不屑地说："你那什么表情？可怜我吗？不说话就代表你默认了。"楚光笑笑："许暖言，你怎么就不能随着点你的名字啊，你说就你这样，谁敢娶你啊。"

　　许暖言喝了一大口咖啡，却呛到了自己，用手背随便擦了嘴边的咖啡，说："我知道，我活该。"低下头又继续说"这么多年，追我的人确实不少，可我全都拒绝了。有不少人从他们的城市来到我的城市，只为看我一眼。我不是真的冷血，可是，我又能怎么做呢？因为知道不能在一起，所以就不能给对方希望。所以你看，我一直单身。我知道，你们都暗地里说我，说我冷血，说我孤傲，说我清高。可是，我也不想这样啊。"暖言的声音渐渐弱了下去。

咖啡厅里，人越来越少，周葵暖在这里做兼职，闲下来的时候，就陪许暖言坐会儿。在许暖言眼里周葵暖就是个神奇人物，摄影、插画、写作、开网店等样样精通，而且都做得很棒。许暖言想不通，她哪来那么多的时间和精力呢？

"楚光，你又说什么让我家向日葵不开心的话了吧？"周葵暖拉开椅子，坐下来。楚光无辜地说："怎么她不开心都是我惹的啊。我就说了句，谁敢娶她……"楚光做了个闭嘴的手势。

他们都知道，其实许暖言笑起来的样子真的很美。她也不冷漠，她是个温暖的人，她也不清高，因为许暖言是个有信仰的人。她信伊斯兰教，她只能找一个和她有共同信仰的人。所以，她拒绝那些人的追求，不过是不想在互相付出后分开。许暖言一直说，要谈一场不分手的恋爱，周围的人都嘲笑她："现在的社会，怎么会有这样的事，许暖言，你不要做梦了，现实点，在不同的阶段和不同的人恋爱，这才是人生。"可是，倔强如暖言，她宁愿一直一个人，也不要随便付出感情。

三个人谁也没有说话，突兀的电话铃声打破了这沉默，许暖言从包里翻出手机，手机屏幕上跳动着"哥哥"两个字，摆好微笑姿势的暖言接起电话："哥哥，你下班了吗？"暖言很少表现得这么开心，听电话那边讲话，然后接着说："楚光也在，那好，我们一会儿见。"

楚光和哥哥是同学，哥哥一直提醒楚光："不许打我妹妹的主意。"

一家叫"研磨时光"的印象餐厅，悠扬的音乐，干净舒服的室内设计。许暖言的哥哥谈了一个大客户，算是庆功宴，除了周葵暖和楚光外，又多了两位美女——杨俏宝和刘小宇。暖言朋友不多，就这几个人，而杨俏宝在暖言最落魄的时候，一直陪着她，走过那些漫长时光。

记忆里，最美的不是好听的话，而是那个一直愿意陪着你走的人。

许暖言拒绝了那个人，无一例外，他们没有共同的信仰。所有人都替暖言惋惜，因为那个人太爱暖言了。那一年，他来过她的城市。

那一年，相识一个月，他竟然来到她的城市，告诉她，他爱她。于是，许暖言记住了他的名字——郭涵。从此，郭涵在暖言的城市工作，整整一年。郭涵用尽各种方式追求暖言，暖言不是没有心动。暖言很认真地对郭涵说："我说过，我们信仰不同，所以，我不能答应。"可是郭涵不依不挠："我可以随你的信仰，只要让我和你在一起。"听到这样的话，谁都会感动。许暖言想，如若信仰相同，她或许会爱上这个小她半岁的男人。

各种小惊喜，不停地送礼物，许暖言都视而不见。不管许暖言怎么发脾气，他都笑着。那时的许暖言还是大三学生，每天穿着帆布鞋穿梭在各个教室之间，郭涵会在休息的那一天，陪许暖言上课，然后在许暖言忙作业的时候，偷偷帮她做作业，那么小心翼翼。让许暖言感动的是，有次下课，同学们都准备去吃饭，暖言也忙着去打饭，途中，鞋带松了，许暖言抬脚把鞋带甩到前面，然后就在她要弯腰的时候，一个人早已蹲在她面前，熟练地打了一个好看的蝴蝶结。周围都是羡慕的眼光。许暖言不明白，是什么让一个男人不顾周围那么多人，蹲下来给她系鞋带。那一刻，心里很暖。

直到有一天，许暖言大声地对郭涵说："我拜托你，以后不要对我好，你这样，我很累的。"

毕业,许暖言待在家里。轻微强迫症让她整夜睡不好觉。许暖言买了去郭涵城市的车票,但没有告诉他,她只是想去看看那座城市,可最终还是因为临时有事,没有去。那张车票,成了唯一的寄托,也断了许暖言所有的念想。那是宿命。未完成的旅行。

狠心删了郭涵的QQ、电话。有一夜,郭涵打来电话,虽然删了电话,但是那个号码早就埋在心里,犹豫很久,还是挂了电话。然后他又打来,一遍遍,后来又发来短信:"我求你,接我电话好吗,我听听你的声音就好。"是的,还是心软了,接了电话,传来郭涵哭泣的声音:"暖言,我真的很想你,求你,不要离开。"暖言擦了眼泪,狠心说:"我说过了,我们不可能,请你不要打扰我的生活。"电话那头的声音让暖言心痛:"暖言,那你改一改你的臭脾气好吗? 我真怕除了我,没人会忍受你的脾气。我怕你难过。如果没人忍受你的脾气,那你回头,我一直在你身后。"听到暖言在小声啜泣,那头似乎慌了手脚:"对不起,你别哭。你一定会找到一个很爱很爱你的人。就算世界末日,我也陪你。"暖言慌乱地挂断电话。

只言片语。说不了暖言内心的愧疚,只因那份执着,让暖言相信,这个世界上是有真爱的。

而有些人,来不及遇见,却早已奔走于天涯。有些爱情，就算高贵到天堂里，也开不出花；有些爱情，就算卑微到尘埃里，也照样能开出花。

继续平淡的生活。暖言毕业不久，就开始上班，渐渐地再也没有脾气。也不再熬夜，习惯早睡早起，做个精致的女子。只是无意间，看到了他的微博。他说，用手触摸空气，再一次怀念你的气息。他说，其实我就在你身后，就差一个回头。他说，就算全宇宙为我加油，我也达不到你的要求。他说……

许暖言跑去周葵暖那里，拉着周葵暖说：“我一直坚定一个信念，那就是有时候，我们做出的最艰难的决定，最终会成为我们做过的最漂亮的事。可是，我认为这件事虽然不艰难，但也并不漂亮。”然后装出一副深沉样，对坐在对面的周葵暖说：“给我一杯时光，让我忘掉忧伤。”

常常和周葵暖一起去看夕阳，一起吃街边摊。不想回家住的时候，就一起跑去杨俏宝和刘小宇那里住。几个人闹成一片，或许是许暖言最开心的时候。

指尖绕过的流年，沾染春温秋素的时光。一纸冰凉，是爱的底片在时间的冲刷中黯然失色。曾经撕心裂肺地爱过，曾经荒废时光，被一份悸动牵绊着。经年后，却是用尽全力换来一场回忆。

昏黄的路灯。默默不得语，倚墙而立……指尖滑落的感伤肆意地向周围蔓延开去……一隅，突现谁的悲伤微微闪亮……

传说太平洋里有一种迁徙的鱼，每年会随着洋流，从赤道游回北极。它们声势浩大，密密匝匝，沉浮不定。所谓冷暖自知，这种回溯过程中的潮汐感受只有鱼自己知道。只有我自己知道，我想做那条鱼，它叫回溯鱼。

我承认，我没有那么温柔，甚至有些小任性。其实，我就是一个孩子，疼了会哭的孩子。我曾说过，我能不能不去勇敢，不去坚强，就让你为我撑起一片天，等你来说，把你的手给我，让我牵着你。是我的悲伤染了天空的颜色吗？原谅我一直都是这么任性与固执，躲在这座城市繁华的背后……

亲爱的周葵暖，我记得你说过："葵花姑娘，暖阳同学。静随娟影，葵暖重生。"亲爱的杨俏宝，我记得你说过："我会跑进你的梦里，然后春暖花开。"亲爱的楚光，我记得你说过："丫头，你不该这么悲伤，你是属于阳光的，在阳光下可以折出七色光。"亲爱的哥哥，我记得你说过："丫头，你开心点，我也会开心。"

那一年，你来过我的城市吗？

蹲下来陪你做一只蘑菇

"过去都是假的，回忆是一条没有归途的路。一切过往的春天都是无法复原的。那最狂乱而又坚韧的爱情归根结底也不过是一种转瞬即逝的现实。我在文化园看书。"收到刘小宇的短信时，我正在出租车上，准备去相亲。

其实，初识刘小宇很偶然，用她本人的话说："那天给你打电话是被逼的。"是的，也是因为那次电话，所以我说，最初是因为感动。感动的是，一个陌生人打电话给我，那么关心我。然后，刘小宇的短信让我再次感动。喂，刘小宇，你说你是被逼的，可是我还那么白痴地被感动。我吃亏了，知道吗？不过妈妈说，吃亏是福，所以，我就不跟你计较了。

自从那次被逼电话事件之后，刘小宇这个蠢人就和我熟悉了。她会打一个多小时的长途电话给我，只是为了问我，她在我心里的百分比是多少，然后，傻兮兮地发短信给我，说虽然她分数及格了，但是，及格的应该有好多吧，成为百分百有多难，难也要试一试，对吧。蠢人吗？又不是不知道我不喜欢承诺。我宁愿你像小凉茶那样平淡地陪我，也不再相信誓言。我真的害怕，刘小宇，你知道吗，你带给我一种熟悉的感觉。我怕失去，所以宁愿不去拥有。

后来，刘小宇要我的地址，我不肯给她。就这么坚持了好久。再后来，她说要送我乌龟，再再后来，不知怎么回事，就给了她地址。然后，她嘚瑟了好半天。看吧，蠢人就这么点追求。她买了6只乌龟，2只小凉茶的，2只她的，2只我的。我们说好给乌龟起一样的名字，一只叫哆哆，是我起的，一只叫么么，是刘小宇起的。刘小宇问我，为什么叫哆哆，我说喜欢。其实，我只是怀念。就像刘小宇给另一只起名叫么么一样。

在乌龟的问题上我们讨论了很久，我说我想要个专门养乌龟的缸，她就在网上找。我和相亲对象在人文茶馆喝茶时，蠢人刘小宇打来电话，说看了一个小的缸，符合我的要求。最终我还是败给她了，她买了一个寄给我。刘小宇写的字真心很难看，和我的字一样难看。你说，你会陪着我，而不是一直陪着我。可是昨晚你突然抽风地跟我说："小落，你不是属于我的。"我默认了。是的，我说过，我是个残忍的人。以前她说过，我不给别人退路，也不给自己退路，所以，她离开了。可是，在早晨起床后，看到刘小宇的短信，她说："其实，多想你是我的。"

嗯，忘了说，后来每天都是刘小宇充当我的闹铃叫我起床的。我也理所当然地接受了这一切。想起那天，我强迫刘小宇发语音短信给我，内容是："张小落，我是蠢人刘小宇，蹲下来陪我做一只蘑菇吧。"结果收到的语音短信让我吃惊，她在里面加了一句话："张小落，我是蠢人刘小宇，我喜欢你，蹲下来陪我做一只蘑菇吧。"

她说，你不要对我动感情，我适合孤独终老。她还说，小落，你现在是存在我生命里的人，我不管你冷血不冷血，不管你残忍不残忍，不管你对我有没有动感情，我愿意去呵护你，去另外的城市看你，去宠爱你，疼你，照顾你。她说，表白完了，你之所以拒绝还是怕失去。你没有想象中的残忍，每个人不会陪谁太久的，所以你怕什么。我说，如果那样，我宁愿不拥有。她又说，那你就不要有我了。我说好。她继续说，可是，我还是会厚脸皮地跟着你，你不要承诺，所以我不承诺。

她说，我最蠢的是喜欢了你。我说，我喜欢上了蠢的你。她说，综上所述，最蠢的人是你，好吧，我郑重地宣布，我们两个可以在一起了。我说，这么简单，你都不追我一下。她说，近水楼台先得月。我说，不行，我吃亏了。她说，如若见到你，我会加倍地对你好，来弥补我迟到的时光。

我说等乌龟到了，我就把文章发上去。她就说，看来俩王八比我重要。刘小宇，要我怎么说，其实你是懂我的。

我们常常看到的风景是：一个人总是仰望和羡慕别人的幸福，一回头，却发现自己正在被别人仰望和羡慕着。其实，每个人都是幸福的。只是你的幸福，常常在别人的眼里。很多时候，我宁愿我是个没心没肺的人。因为我一直觉得这样的人是最幸福的。

幸福，就是找一个可以温暖你的人过一辈子。刘小宇，你会找到那么一个人的。

他们说总有一个人能给你一世欢颜，那样真好。刘小宇，我们都会有的。

刘小宇，1个宇宙，8颗大行星，198个国家，7个洲，4个大洋，我竟还能如此荣幸，可以遇见你。

刘小宇，你不知道，其实我也想对你好，可是怕你离开，所以忍着不对你好。其实你不知道后来的我，一直没心没肺，这样就会变得内心强大。没人替我撑起一片天，所以我必须坚强。

你并不懂我……

尘埃落定的安稳

我亲爱的你们，各自还好吗？

我曾经那样信誓旦旦地要把你们带出悲伤的旋涡，

可是最后还是无能为力。

面对着你们存在的分组，说不上怎样的窒息。

如今，我们各自散落在了天涯。

你离开了，

我离开了，

她离开了，

谁都不在了。

不知道是什么时候开始改变的，情绪不稳定，大喊大叫，这些似乎都远离了我。后来，我没有了太多的情绪，就像朋友说的那样，我总是那么平和，说我禅学领悟得多，不抱怨，不计较，这也只是后来的我而已。

单位的大会，16层高的楼，望下去，我没有太多感想，天也是灰蒙蒙的。

工作近一年，懂的道理越来越多，也在不断完善自己。一些人离开我的生活，又有一些人走进我的生活。而一直留下的人也就那么几个。最初，因为一些人的离开，不给自己退路。后来也看淡了，因为有些人注定不会一直陪着你。何必为难自己，为难他人。微笑着离开，未尝不是一件好事。所以，珍惜现在每一个在我身边的人。因为如果不小心把一个人丢进了人海，便再也找不到了。熙熙攘攘之中，我再也遇不到一个一模一样的人。

后来，也不再羡慕别人，因为我们自己也有很多让人羡慕的幸福。只是我们自己不知道而已。所以，你看，这样的我已经很好。或许这样的感觉，给我一种尘埃落定的安稳。

有时候，竟觉得习惯很可怕。是因为太在乎吗？

之前，自己内心平和，却没有太多心情。现在，自己内心依然平和，却有了很多心情。一些笑，却是发自内心的。

这一年，我毕业，我工作。陆白白、周周、小凉茶一直陪着我，一直没有离开。而那些来了又走的人，我没有忘记，也不遗憾。这一年，我见了七年未见的徐小盼。那一刻，我多想把她刻在脑海里。我们早已不是曾经的我们。小盼，曾经疯狂思念的日子早已过去，现在你依然深深地埋在我心里。

我还是一样，喜欢对着好朋友磨磨叽叽，不管他们会不会嫌我话多啰唆。

我还是一样，会在难过的时候一句话也不说，一个人会比较好过。

我还是一样，会对关心的人喋喋不休，至此，还是没有改掉这个坏习惯。

一个朋友说，我不喜欢矫情的自己，可是我喜欢矫情的你。看到这句话出现在屏幕上的时候，突然笑了，至少还被珍惜。

我还是学不会太依赖一个人。因为依赖，所以期望。因为期望，所以失望。

最美丽的时光里，你若不来，我怎敢老去。

偶尔在节日的时候，会有一些朋友发来短信，所有的联系都终止于这样简短的方式。

我总寄念于所有情节最美好的一面。

于是那些年，我也相信是一场虽然短暂却烙印最深的遇见。

你不知道的是，一个个七零八碎的片段拉长了我一个人走过的秋冬和春夏。

他们说，每个人都有一个死角别人走不进来，你也走不出去。

有的时候，生活非常安静，安静得似乎可以触摸到它的质感。

　　这样安静的夜，心里有一份挂念，看看窗外，自言自语。很多个夜晚，我都一个人安静地坐在桌前，看三毛，看古诗词，偶尔写写字。不管当下的我们有没有人爱，我们也要努力做一个可爱的人。不埋怨谁，不嘲笑谁，也不羡慕谁，阳光下灿烂，风雨中奔跑，做自己的梦，走自己的路。

　　遇见你，不信承诺，只信你。很晚了，很晚了，还是睡觉吧。

　　如果我是二货长颈鹿，谁是陪我一起二的大鲨鱼？

凌晨，那朵女子

宛如凌晨盛开的那朵花，淡然美好。夏景之一个人望着窗外那漆黑的夜。想要用烟圈的缭绕来抵挡这孤寂。

夜，无尽的夜。闭上眼，看到的全是她。走到阳台，俯身往下看，真美。你在叫我？夏景之一步步地向她靠近，在阳台的边缘，夏景之张开双臂，感觉就像飞起来一样。景之看见阳台上那盆罂粟开得诡异，大朵大朵的花，红得耀眼。景之耳边响起了她说的话："你就像罂粟一样诡异，让我如此着迷。"景之笑了，笑得凄凉，眼泪顺着脸颊滑过，风吹过，刺得脸生疼生疼的。

蜷缩在角落，在黑暗中让自己卸下伪装的面具，不再强颜欢笑。疼痛一下子充斥着整个房间，伤口在裂开。夏景之似乎闻到了淡淡的血腥味，有点甜。喜欢看暗红的血液缓缓流动，喜欢用酒精麻痹自己，那样应该就不会痛了吧。却发现，会更痛苦。后来，便喜欢上了用缭绕的烟雾掩盖周围的空气。

就像此刻一样，夏景之站在窗前，烟雾模糊了

视线。忘了想要做什么，就这么安静地站着，仿佛与
天空有个约会。不知从何时起，夏景之似乎习惯了这
样的生活。有太阳的时候，她会用厚厚的窗帘挡住阳
光，她觉得阳光刺得眼睛疼。

夏景之想要去找七北辰，然后开个奶茶店，就这
样简单地幸福着。一个人在房间久了，会突然很害
怕，想要好好去爱一个男孩，想要好好去疼一个女
孩，可又怕被伤害。从最初到现在，一直都是一个
人。可她一直那么善良着。景之抽掉了一包烟，是
爱喜，一种韩国香烟，有着淡淡的薄荷味。和520相
比，景之认为520是用来珍藏的，而爱喜是用来品尝
的。每当景之躺在床上时，就会从抽屉中拿出那包
520，看着中间的空心，想着爱情会不会也如此。夏
景之喜欢收集爱喜的不同包装。

夏景之依然每天去上课，她不化妆，穿很简单的
衣服。偶尔看看天空，写点心情。只是，她的包里不
能没有爱喜。她回忆自己所有的爱情，然而也只有一
次而已。她用尽所有的力气想要好好去爱的那个人却
告诉她："景之，和你在一起我很累，我曾尝试着去
爱你，可我，做不到。"景之只是笑了笑，然后就潇
洒地离开了。而所谓的潇洒，也不过是为了掩饰当时
的眼泪。后来，景之总是努力地踮起脚，却在下一秒

又悲催地低下头来。那次不算爱情的爱情让夏景之卑微到了尘埃里。曾把他给的一个角落，当成了整个天堂。那么多幸福的泡泡，被他一句给不了任何承诺而彻底粉碎。

夏景之坐在阳台上，看到西边的天空被染成温暖的橘色，心里的某个角落却无法温暖起来。看不到眼底的那片落寂。习惯性地拿出烟，可这一次却没有点燃，手在半空画了一个弧，然后无力地垂下。拿出那个米奇头像的MP3，闭上眼，享受这突如其来的宁静。"咕"的一声，夏景之睁开眼睛，揉了揉空空的胃，离开阳台，打开冰箱的门，发现冰箱里竟然和胃一样，空空如也。无奈只好去楼下的24小时便利店，买了面包、泡面、薯片、果冻、米果、酸奶……然后就想到她曾说："景之像个饕餮一样，只要有吃的，就会毫不顾及形象，像个小野兽。"想着想着景之突然笑了，然后大颗的泪珠滚了下来。回到房间，打开电视，把声音开到最大，抱着刚买的东西大口大口地吃起来。景之不太喜欢看那些花花绿绿的画面，所以，上面演了些什么，她也不清楚。

夏景之喃喃自语着，你说的不见不散，你到了没有？我一直在原地，说过要给你的细水长流，在这漆黑的夜里疯狂地漫延……

南乔北年，谁成了谁的执念

若爱，时间和距离都不是阻碍。

——写在前面

3pm。

"爱你，是我此生最美的风景。"

"人生总有那么一段空白的时光，你在等，在静默。这样的日子有些长，但等下去，有时候，时光会给你额外的惊喜。"张婉好一笔一画地在写。

我叫婉好，妈妈说是希望我以后和顺美好。

这是一家位于街角的叫作晴朗的小店。我不知道我喜欢这家店的原因是有你名字里的字还是其他。店不大，但是设计让人很舒服。每张桌子边都有一个充满了回忆气息的日记本。

在角落有一面墙，贴满了各种留言卡片。像是一种寄托，更像是一种守望，一种遥不可及的守望。

周逸朗，我又开始想你，尤其是这样的下午，这样的店。你又在忙吧，我知道的，你每天都要加班。因为公司离你住的地方近，所以经常一个人加班到深夜。加班的时候，会打电话给我，或者短信给我。我会在每天晚上睡觉前收到你发来的晚安，会在早上起床后收到你说的早安。

周逸朗，你不知道的是，我渐渐地开始离不开你。

最初，你说，偶尔会想我们的距离有多远，然后你又说，一千多公里。我是数学白痴，所以当你说一千多公里的时候，我没有概念。你会问我，婉婉，你到底是怎样一个女孩子呢？你说，你会在人群里一眼认出我，我笑。你后来告诉我，因为阳光下，淡淡忧伤的我，深深存在你的脑海里。

你给我所有的感动，分别这么久，让我觉得你依然在我身边。

看到好看的小说，好看的电影，好看的笑话，我一定会打电话跟你分享。我有点小女生，而你也总是乐此不疲地配合我。我告诉你，刚才看了一篇小说，女主收到了33页的情书，太浪漫了。你突然认真地说，婉婉，那我写26页够不够？我笑。

后来的某一天，我收到了你寄给我的26页情书。从A到Z。周逸朗，我从来没有这样被疼爱的感觉。你把我当宝贝一样宠溺，我无意的一句话，你却认真。

你打来电话，一遍遍地叫我婉婉，说你想我。周逸朗，我们都过了为爱情而奋不顾身的年纪，是不是遇见便是幸福。为什么还是会想念，这样深刻的想念，以后会不会记得。

我一直相信，你准备了一个大大的怀抱，躲在我跑远的地方，你会突然蹦出来，把我抱住。

这么多年，我一个人过得很好。我可以义无反顾地背上背包，扔下所有去旅行；可以很好地照顾自己；可以安分地去做一份工作；亦在安心地等待一场爱情的到来。都说趁着年轻，要来一次说走就走的旅行，可是那些说走就走的旅行，不过是为了远方义无反顾的爱情。

你总是用那种可以把我融化掉的口吻说话。

"婉婉，其实你不是坚强，你只是一味地逞强。如果可以，不要坚强，把一切丢给我，好吗？"

"周逸朗，你又不是救世主。"我讨厌你一下子看穿我所有的伪装。

"婉婉，你也不是大力士啊。"

"……"

"婉婉……"

"周逸朗，不要这样，我很好。"我害怕你再次看穿我，急忙打断你的话。

"什么是你很好？你一个人坐在车上看窗外的风景，你一个人应付着生活里的小算计，你一个人学着承担所有，你一个人应对着生活偶尔给你的不怀好意？这就是你所谓的你很好？我不希望你有多坚强，这样的你让我心疼。"

我再一次毫不犹豫地挂了电话。你以前总是说我挂电话太坚决。坚决？这个词真恰当。

我把头深深地埋在手臂里。周逸朗，我不说我很好我能说什么？一千多公里以外的你，也只是知道我会烦恼，也只能在电话里、短信里安慰我。我需要一个肩膀靠一靠，可是你不在。我在流泪的时候觉得委屈，其实心里已经慢慢学会坚强。

很快，你的短信过来了，你说："婉婉，我回来好吗？"我飞快地回你："不要！不要那么冲动！"许久，你发来信息："你说你颈椎痛，所以我想过来帮你按摩。你说你不想一个人去电影院，所以我想过来陪你一起去看电影。你没安全感，所以我想过来抱你一下。你总是穿高跟鞋脚痛，所以我想过来在你逛街累了的时候帮你提鞋。我一直计划要回来，可你叫我不要那么冲动，我只是想过去抱住你，把你融化，我真的不是冲动，我只是以为你不是那么想见我。"

我不知道说些什么，索性，不回短信。几分钟后，你又发来短信："婉婉，抱我一下吧，我一定会把你抱得更紧的；喜欢我吧，我一定会更喜欢你的。婉婉，我突然想到世界上最自私的一句话，你是我一个人的。"

一个人无聊，在中央广场看鸽子。大朵大朵的白云很好看，很长一段时间，我都没有和周逸朗联系。依然会在每天睡觉前翻看短信，却再也没有收到周逸朗的晚安，早上醒来第一件事看手机，却是满眼的失落。周逸朗，你这个混蛋！你明明知道，你若不说想我，我绝不敢明目张胆地想你。你竟然如此挑战我的极限，最终还是要败给你。拿起手机编辑短信，删了又删，最终只简单地说了一句："今天的天空很蓝。"电话一下子就打进来了，看着屏幕上闪动的名字，缓缓地按了接通键。

谁都没有说话，许久，周逸朗说："婉婉，我想你。在火车上，我们有二十四个小时的距离，在飞机上，我们有两个多小时的距离。很抱歉，我没能做一个超人，没能击碎这些距离，没能陪在你身边呵护你，没能天天悄悄在你耳边告诉你，我喜欢你。终有一天，你会住进我的瞳孔里，成为我唯一的色彩。"停顿了一下，周逸朗继续说："我会变成你喜欢的模样，说你想听的情话，梦你爱梦的童话，只因为是

你。因为你，我变得患得患失，没有了自己。"周逸
朗的声音略带疲惫，像是散落着一地的疼痛。那应该
是一场旷日持久的疼痛吧，就那么寂寥地开成一朵朵
的花。

时间在沉默，我感觉自己快要窒息了。

"周逸朗，很多人都问我，在等一个什么样的
人。为什么你从来不问我？"

"婉婉，我不管你在等什么样的人，我确信，我
就是那个人。"

"我等的那个人，只要他出现，我就会感觉到，
就是他。"

"婉婉，想念你的人，想见你的人，就算穿过人
潮，也一定会来到你的身边。"

"周逸朗，你在哪里？"为什么突然觉得你的声
音离我好近。

"你想我在哪儿，我就在哪儿。"

我想你在我身边，一直在我身边。让我触摸到
你，让我感觉到你。可是，这只是奢望。周逸朗，多
少次，我在心里对你说，回来吧，我想你在我身边。
可是却怎么也开不了口。你说我倔强，说我固执。我
知道，只要我开口，你一定会回来。

"婉婉，婉婉，你怎么不说话了？难道你就真的

不想见到我？"

"我……"

"婉婉，我的婉婉，你回头看看。"

我转过身，看见周逸朗安静地站在那里。那一刻，时间仿佛停滞，阳光洒下来，我就这么看着，我看见了我的等待，我所有的情绪，在这一刻，被你的身影掩埋，我听见了你的脚步声。

"婉婉，我回来了。"

"混蛋，周逸朗你就是个无赖，你这个混蛋！"我捶打你，心里却因为你的突然出现兴奋不已。我总在最深的绝望里，遇见最美丽的惊喜。

周逸朗摸着我的头，一直在笑，那笑容仿佛要把我融进去。

南乔北年，我在你触手可及的地方欣赏你的美好和幸福。

最好的幸福，是你给的在乎。

周逸朗，我看见一条鱼，一条对我微笑的鱼。

念你的时光比岁月长

——赠给这个世界独一无二的R先生

一次邂逅，一段情缘，一生念想。只想轻轻地告诉你，你的存在是最美的风景。

我愿意懂得"永恒"两字的意义，把幸福的意义放入平凡的生活里，从而做一个虔诚的人。感赞安拉！

如果你走进我的心里，你一定会知道自己是怎样的好，最是一切希望化为事实，生命里有你陪伴。

但愿我们后世也可以在一起，只愿凭着这一点心灵的相通，带给彼此慰藉，像太阳的光照耀我疲惫的梦，永远有一个安慰。

喜欢在每一个平凡的日子里，安静地生活，安静地读《古兰经》，安静地躲在一隅，安静地想你。

守一份心灵的恬淡，于岁月里拾一片树叶，写一首诗给你，那深深浅浅的脉络里，是我思念的痕迹。

相信前定，相信后世。我是安拉派给你的肋骨。

世间所有的相遇都是奇迹，在安拉注视之下的相遇是最好的陪伴。

安拉知道，我们适合做彼此的灵魂，祈求安拉，让安拉见证，是安拉让我们如此相爱。

长袍、头巾让我成为最美丽的人，递给你《古兰经》或《圣训》一起纪念安拉，我愿用伊斯兰式的生活，诠释我们今后两世的美满。

眼里浅浅的笑，是信仰给我的幸福。感赞安拉，遇到你，是我最美的时候。

你的名字，加我的名字，是世界上最美的诗。

With this hand,I will life your sorrows.Your cup will never empty,for I will be your wine.With this candie, I will light your way in darkness.With this ring,I ask you to be mine.

（执子之手，承汝之忧。愿为甜酿，盈汝之杯。但如明烛，为汝之光。永佩此誓，与汝偕老。）

遇见，是最美的年华

——献给这个世界独一无二的R先生

有一种遇见，像一棵树，站在那里，等了很久，俄而，一树花开。

是谁说，用一朵花开的明媚，见证了整个春天。

有一种遇见，叫刚刚好，没有对错，没有早晚。

平淡相遇，幸福相伴。

一切都是那么自然，悄然入驻我的灵魂。

蓦然回首，相逢于冬季，飘飞，洁白，明媚的雪花，舞起了漫天的缠绵，相见恨晚也。

你的眸子里映着我的容颜，倾洒着细碎的温柔。

温柔了我的情，惊艳了你的眼。

有一本书，书名是《遇见你是我一世的春暖花开》，我很喜欢这个名字。

简静岁月里，一半浅喜，一半深爱。

执笔、画心，相约到白头。

那一场与雪花的邂逅，熏暖了每一个时光。

昔日的缱绻，在渐行渐远的时光里花开向暖。

夜，掬起一捧温柔的月光，是我心底最深的念想。

红尘花开，片片花瓣镌刻着深深浅浅的思念。

绵延着，这一场繁华的遇见，你是我最近的牵念。

缘分，是一场倾心的遇见。你是我坐在灯下，写不完的故事。

愿我们细水长流，久处不厌。

余生，请多关照。

为你守望

　　柏拉图的爱恋，永恒是主题。我没有莎士比亚的天分，也没有柏拉图的永恒，但我决定为你守望。这是我对白白说的话。白白知道我口中的你是谁。这又让我想起了欢欢。

　　和欢欢是在一个朋友的群里认识的，也就认识了后来的薪苌。那次很多人在群里乱侃，是吹牛不打草稿的那种侃。我在群里说，在下是玉女派掌门人，欢欢和薪苌则说他们是梅山第72代传人。后来，欢欢去我空间留言说，我来看看玉女神宫怎么样。这条留言是我在高考后看到的。那时，我还在备战高考。我一直以为欢欢是女孩子，直到后来无意说起，我才知道他是男的。

　　高考后的日子真无聊。我只能用无所事事来形容那长达三个月的假期。因为明白礼尚往来的道理，所以我去了欢欢的空间。

　　等待成绩的日子，是这个夏天开始疯狂变热的时候。我的心情也随着天气，而变得焦躁不安。就在这个夏天最热的时候，我等到了日夜期待却又让我痛不欲生的成绩。我开始变得沉默。直到后来，我被这座城市里的一所三流大学录取。我当作没有它的存在，心安理得地开始新生活。可是，内心有多痛，恐怕只有自己最明白。我想那是我人生中最大耻辱吧。我的脾气再一次变得暴躁，我有点歇斯底里。

我开始了住校生活，同时，也告别了做梦的年代。而我似乎并没有彻底从梦中走出来，一切的一切不过是个玩笑而已。我自嘲，为了高考我付出了多少，我努力了多少，没人看得到，他们唯一看到的是我进入了一所三流学校。突然觉得心好累，我所有的所有都付之一炬，都随着南唐后主的那江春水一并流走了。

有时候我会觉得我依然是那个骄傲的公主。可是，我有什么资本再去骄傲？我的梦碎了。现在我很努力地捡起那些碎片，可是那些碎片就像我的悲伤一样一直在蔓延，我怎么捡都捡不完。

在西宁的那天晚上。我一夜没睡，我不敢睡。凌晨2点我在看中央一台，周华健在唱："有没有那么一首歌，会让你突然想起我？"

为你守望。

你给我一个承诺，我许你一世柔情

在这个夏日，我捧着时光碎片，亲爱的们，小爱一直都在。我想要记住你们每个人的美好，用此生来回忆。我愿陪你们看细水长流。

仰头望去，校园中一些叫不上名字的树，开满了粉白粉白的小花，被风一吹，落了一地，那么妖娆、妖媚。

又是夜，漫无边际。疼，胃疼。我开始胡思乱想，有时候我竟怀疑自己抑郁了。我开始变得冷漠，仿佛世界上只有我一个人。不再对任何事感兴趣，持一种旁观者、局外人的态度。我不知道是世界变了还是我变了，怎么这么陌生呢？除了能感受到家人对我的爱，尤其是母亲，她那种深入骨髓的疼爱，让我觉得内疚。我是个不善于表达感情的人，从未对母亲说过感激抑或是"我想你""我爱你"之类的话。只是一味地索取着，我不知道我可以索取到什么时候。随着年龄的增长，我愈来愈深地感受到母亲的爱。然后开始内疚，这么多年来，我究竟做了些什么让母亲如此憔悴……

　　窗外，淅淅沥沥地下着雨，头疼得厉害。感觉要裂开一般，我快要疯了。雨不停地下，我的心里泥泞一片。听到你声音的那一刻，我竟然想哭。记忆像阳光一样铺洒开来。爬过指尖，爬上我的发梢。我懒洋洋地趴在桌子上。

　　很多时候，我喜欢在阳光下闭上眼，然后满眼幸福的橘色，但猛地睁开眼，那道幸福的光便会刺痛我。就像徐小盼一样，突然消失在我的生命中，没有留言，没有告别，留我一人不知所措地站在原地。于是，我拼了命地满世界地去找她，却早已没了她的踪迹。我开始独来独往。再后来，我学会了伪装，学会了对每个人微笑，学会了躲在角落里一个人狠狠地哭。然后，擦干眼泪，继续微笑。

　　妖孽，我说过，我想要养你，一直到你离开的那一天。你这个傻丫头，竟然不会做饭！好吧，我做给你吃，你上辈子绝对是一妖孽，不然，我怎么会败给你？算了，就这样吧。妖孽，要怎么说呢？我想我是心疼你的。不要惩罚自己好吗？如果累了，记得还有小爱。以后的每个生日，小爱会陪你，小爱不许你哭。我陪你等待生日那天的黎明，陪你，不离不弃。这是我的承诺。

　　我在苍白的日光下，对着天空给你说声再见，我们就此别过，从此山高水远。

当我看到小夕写的日志时，心里莫名地一阵心疼，不知道为什么。不想她在深夜一个人站在窗前，因为那样的寂寞我不曾离开过。我想，我懂。她说，爱若不离，夕亦不弃。

把水杯弄翻了水在地板上漫延开，像我们一发不可收拾的忧伤一样。在阳光下我看着自己手心，生命的苍凉和绚丽是自己的选择。用力地将那些带着美好印记的面孔，揉散在记忆的温暖潮汐中。让眼泪清除眼里的杂质，流掉心里的想念。每一种青春都会苍老，只是我希望记忆里的你一直都好。那些在身边的人，请别轻言放弃。我们若相惜，不相离，好吗？流年易逝，如何才能习惯回到从前？我想，有些事情是可以遗忘的，有些事情是可以纪念的；有些事情能够心甘情愿，有些事情一直无能为力。遇见你们，这是我的劫。而我，甘愿赴汤蹈火。

你给我一个承诺，我许你一世柔情。

咖咖，我固执地守望你的偏执

你是小m，是mm，是拉咖啡，是鸟窝，是安安姐姐，是安生，是乔安。但你是我唯一的咖咖。初来时的你，那么安静，那么小心翼翼。那年，那月，那日里蓝色的天空，似乎掩埋了所有的悲伤。完美得看不出一点瑕疵，我们都假装是很闹腾的孩子，在流年，在山庄，在小镇，在那场风景。一个人的无聊，我心里泛起莫名的难过。习惯了你每天清晨的"早安，流年"，习惯了你每天凌晨的"晚安，流年"，习惯了你每天守候在流年……好多的习惯都与你有关。YY的聚会，你来了。你说是冲着我的声音来的。我说，乔安，此生唯一。你说，小爱，庆幸有你。2010年9月4日的清晨，流年没了你的身影，山庄也没有，你离了那场风景吗？小海说，你这两天不在。你是累了吗？还好，你突然发来短信说，你没事，只是刚起床而已。然后，在那场风景，你突然说："对不起！"那是上午10点51分，我不要你说对不起，你是全世界……初来时的你对我说："小爱，你在哪里，我便在哪里。你见，或者不见，我都在这里，不悲不喜。你是我猜不到的不知所措，我是你想不到的无关痛痒。其实你很悲伤，我亲爱的偏执狂。"

9月9日，我的小薇给我写了信：

　　妞，你在，所以我在。

　　妞，这个世界有一天会没有我的身影，却永远都不会没有我的存在。

　　因为妞，我说过，我会一直一直都在，守护在你的世界，陪你一直到永远。

　　妞，你要记得，紫檀未灭，我亦未去。

　　妞，你在，我便在。

　　妞，我会守着你，不再让路灯拉长你一个人的身影。

　　妞，我不会再让你孤独地跳一个人的舞。你若独舞，我便做你忠实的观众，欣赏你脚下绚丽的世界；你若与人共舞，我就是你最好的舞伴，与你在世界上你最想去的地方跳舞。

　　我说过我会毫不客气地闯进你的世界，就让我这霸道的温暖来带你走过整个冬天吧。

　　你说的，你会欢迎。我知道，我会拥抱。

　　妞，你在，我在。一直都是。

　　妞，你会为了一点悲伤，傻傻地躲在自己的世界里，不敢出来。

为了你爱的人担扰世界，固执地守候着美好的一切。

妞，你笑自己就是这样一个人啊！

妞，此后不用怕，因为也会有人守候着你。

妞，用尽一切力气去守候你的守候吧，不管到多晚，不用害怕背后的黑暗，因为，你的身后，有我。

感到孤单累了的时候，转过身，我会给你一个温暖的拥抱……

妞，你在，我在。一直如此。

温暖如你，我的小薇

　　你对我说，妞，你要记得，紫檀未灭，我亦未去。妞，你在，我便在。你霸道地温暖我，说要给我所有的阳光。说只要我放松心情就好，什么都不要去想，你会为我撑起一片天空。小薇，你到底是怎样一个女子呢？霸道地闯进我的世界，让那个躲在角落的我惊慌失措，然后给了我一个拥抱，我那颗冰冷的心被你温暖。你给我依赖，让狼狈不堪的我躲在你的世界。遇见你喜欢的人，你就像飞蛾扑火，不管不顾地伤了自己的心。真的很卑微，卑微到愿意无声无息地为他做任何事，即使他转身就会忘掉。你看，就是这样一个曾伤痕累累的你，依然笑着对小爱说，小爱，你做我家小孩吧。我懒在床上不想起，你发消息给我，小孩，太阳都升起来了，快起来吃点东西。你看见阳光了吗？那是我在看你。嗯，小薇，我看到了，看见你就是阳光，因为温暖如你。嗯，肩膀借我，怀抱借我，一直一直陪我。我们拉钩钩，此生不变。

小枫，我看见你的等待

听，我听见了你的脚步声，在小镇。你看着寂寥的小镇，望着那落了一地的落寞。你一个人在等待。夜深了，你关灯，躲在自己的世界，一个人的欢声笑语。荒城中的你独舞，却忽略了在那个你看不见的角落里默默望着你的我。你每天的欢笑，在这一刻被孤寂所淹没。泪，随着舞姿纷飞，落在地板上，"嗒"的一声，那么清脆，瞬间没了踪迹，仿佛不曾有过。此时，窗外下起了雨，我闻见了泥土的味道，闭上眼，深呼吸，淡淡的芳香。突然想起，你说过，望着小爱，关于那场有关于我的风景。是的，小爱说过，要带你离开，小爱说过要和木头一起带你离开。但是现在，小爱只能说，对不起，小枫，我不能在某一天带你离开了。我去了小镇，依然那么寂寥。你守候在小镇。我说，我来小镇闹腾了。却无人回应，空旷得只有我的回音。你说，小镇很久都没人来了，一直这么安静着。你就像麦田的守望者，等着小镇重新热闹起来。小枫，我看见了你的等待，在这一季就要结束的时候。

后来的某一天，我收到了小枫的信。

那一句约定·情书

关了灯的世界，对着屏幕。想着那次，你对我说的那句话。我在窃喜，我的世界还有这么一个你。

一直觉得我的天空是灰色的，没有一点色彩。突然跑出一个她，她说："小枫，当天空不蓝的时候，泼点蓝墨水吧。"很简单的一句话，却很暖我的心。原来，会有一个人在乎我望见的那一片天。

我习惯在关了灯的世界，自己一个人发呆。没有什么快乐不快乐。只是偶尔一个人想着那个属于自己的梦想，也会偶尔想着那个女孩。那个告诉我换个天空色彩的女孩。

我习惯，想一些与世界无关的事。也以为，世界与我无关。

那天，她又出现，跟小枫说有时会突然想离开，去一个很远很远的地方。小枫，你也要一起吗？我说，嗯，小爱，带上我一起。

在面对这样的一个世界的时候，我一直觉得，关了灯的世界才是最真实的。一直有这样的一个梦想：一个人去旅行，到没人找得到的地方。而这个让我想念的女孩，她说，要带我离开。

午夜的路灯，洒着柔和的光。影长的身影，占据着街道，就像整个世界只剩下唯一的影子。没有人告诉我你该回家。望着冷了的空气，想着那个要带我离开的女孩。

五千年红尘，我逗留二十年，不求回眸，只为等你带我离开。

我喜欢日出，那没有装饰的简单，像我每晚想着你的脸。

流年遇见，岁月依旧。只是梦中多了一个你。

小枫没告诉谁。有这样的你让我记得，藏在空荡的心里。

全世界都在看我没心没肺地笑。你却告诉我："小枫，不要难过，等小爱带你离开，你这样让我担心。"

我一直很逞强。逞强着让我不想去了解这个世界。

记着你一句又一句让小枫心暖的话，只有你让小枫感到一丝丝感动。

那天我问你："小爱，你准备带小枫到哪儿？"

你问："小枫，你想去哪儿？"

我说："去威尼斯吧。"

你说："水城，好。"

其实小枫想的不是去凑热闹。只是想着你可以带着我游离在这个世俗的边缘。

小枫是想跟着小爱站在最高的地方，在小爱背后，一同望着最远的风景。

小枫是安静的孩子，只有想到你，才会心起波澜。

一直记得，她说"带我离开"这一句约定。

关了灯的全世界，我望见了闪起的黎明。想着那个远方的女孩。

花开荼蘼·那片"爱琴海"

你是"爱琴海"里的那条"陌小鱼"，你每天都穿梭在不同人的世界里，给他们安慰，给他们勇气。给他们所有你能给的温暖和阳光。你始终是那么的温暖，就像漆黑夜里的一盏路灯一样……你是我的小海姐，你是他们的小海。你说出的每一句话都是那么体贴，暖人心。你会在别人需要温暖的时候，及时地给他们一个大大的拥抱。是的，就是这样的你温暖了每个人。你看啊，远处的再远处，就是那片海。我努力地靠近，想象着盛夏里的望日莲，犹如一场盛大的美好席卷而来。你说，有的人总是安静得如一朵在朦胧月光下的曼陀罗，开得悄无声息，谢得也从来只有我一个人知道。都说鱼是没有眼泪的，可是没人知道，鱼也会哭泣。它的泪滴在海里，与海融为一体，清澈透明。那么，就找个理由，否认忧伤，笑容是不是就会灿烂到无处不在？你说想去西藏，那是一种召唤。雪域高原的天很蓝，我迷恋那种近乎完美的地方。小海姐，我们在同一片海域。

凉坏坏，你的孤单谁懂

坏坏，你说你喜欢把衬衫的领子竖起来躲在这个城市繁华的背后，这样很温暖。你说那飘浮的烟雾，是一种欲罢不能的哀伤。没人看得到你喝酒时的火树银花和哀伤时的欲罢不能。你一直在说，你是坏坏，是凉坏坏。可是我记得最初的那个夜微凉。

我知道微凉是在单行的ＹＹ，因为微凉的歌声，我记住了。那个微凉，我们没有聊过。只是，那天去了流年，听说你结婚了。在这之前，我们的聊天也仅限于流年之中。嗯，祝你新婚愉快。

微凉，进入你的空间，我看到的是散落了一地的疼痛，就那么寂寥地开成一朵朵的花。哦，不要再逃避了。如果可以的话，就忘了吧。邂逅和等待都是宿命式的凄凉。

你说，你会回来，回来的日期是很久很久。那应该是一场旷日持久的痛吧。微凉，迟到的祝福给你。我们拥有的多不过失去的一切，那么就珍惜现

在拥有的吧。祝你幸福！坏坏，现实跟理想的差距
是什么？

爱堇情书

清晨醒来，阴雨绵绵，整个世界的思念都紧缩在一个叫心脏的地方。你的偏房让我魂不守舍，只因你心中多了一个正房。我走过南闯过北，只因心没地方落脚。你的出现，清新一片，热水袋般温暖我漂泊寂寞的心，使我彻底卸下伪装，拥抱世界拥抱你。

——题记

你哭你哭，只为半根油条。
我笑我笑，只为半根油条。

我的脸上写满了沧桑，是风雨是嘲笑的痕迹。我的胃里留有一分爱恋，是追赶是泪水的结晶。世界这么大，让彼此的目光永不痴迷。
多次穿越熟悉的街道，不同的门墙把你我高阁。

黄灿灿，热滚滚，或泛青或泛红。一根油条，两种情思。你可尝过！

雨滴满是灰尘打在了山谷中，荡着繁叶荡着哀愁。路途一片泥泞，思念不曾回眸。

深山在心中隆起，雾有她更美。

缓慢使人回忆，缓慢使人忘却，缓慢使人依旧。

心在凝固，心在飞驰，心也在想念。跳动的心在荒漠中沉积了，残缺的爱就此孤单，爱已无处找寻。

风拥着黄沙，黄沙在她的怀里睡去，我愿随你游荡世界，直到没有了自己。

你的勇气，只有我欣赏。

黑暗的夹克在跳动，时间在此停止。

巨大的心跳伴随着狭小的空间，没有了意识，没有了气息。

我的脚在外面，眼光的照射，告别了平凡，增添了关爱，重复重复重复。

你的内心让我迷离，打小就这样。

你手中的冰棒让我兴奋，打你不给我吃就这样。

你的笑容让我想入非非，打你看到我的那一刻就这样。

我说，嫁给我。你说，你奶奶不同意。

昨夜，我无眠，黄土有了水，就成了泥。

记忆的青春伴你去找寻，悠长的笛声在黑夜醒来。

天际的云朵在风中哭泣，遥远的地平线就在咫尺。

暴雨纷飞了相思泪，风抚摸着雨点飘舞。

脚下溅起的雨水，插上翅膀自由地翱翔。

彩虹过后，我看到了你，你发梢的水晶打在我心里。

温暖的表情扬帆而起，柔和的阳光拍打过多少的手指。

幽暗的篝火燃起，双臂环绕，收紧了清晨的薄雾。

无处寻找，没有了分秒，初霞的泥土勾染了满芽的枝条。

昨夜浅似后月的皱纹，努起了向上的嘴唇，伴着烟花，随着糖蜜。

前方依然，左右……

跳动的心，跳动着你的旋律。

一滴自由的眼泪，穿过荆棘的黄沙，阳光的照射，使她那么的炎热。

我展开不大的胸怀，把你紧紧地拥着，柳边的鱼儿忘记了你，我在这里等你，没有了一切，一切为你。

黄沙的世界你拥有，你的记忆没有了我，我依然感谢。

你走的那天，我什么也没说，只是不停地扬起黄沙。

只因我们不熟悉。

一生有你，乔安，看不到底的疼

　　乔安，现在刚打上课铃，这节是经济学，老师给我们放视频看。昨天，我发短信给你，让你帮我关了我的空间。你却打来电话，问我是不是有什么事。我说没有，你不相信。最后，我妥协了，我关了一个空间，另一个设了问题。我突然觉得我特矫情，并且乐此不疲。

　　我一直对自己说，要坚强，要温暖，就算哭也要骄傲地把头抬起来。乔安，因为你的依赖，我开始学会微笑。你说你习惯依赖我，而我看到这句话的时候，嘴角是上扬的。你有时会突然发短信给我，比如你说，你在一个很喜欢的咖啡厅吃东西，想到那些梦想。比如你说，研磨时光，小小的似乎还蛮专业的咖啡屋，可惜只是路过。嗯，我记着关于你的点滴。你说你的疼或许是与生俱来的。那么，乔安，你的疼，让我来心疼吧。

　　你说，奔走的路上，我给的陪伴与温暖，你一生铭记。乔安，很多时候，你说，我有事却不对你说。可是，乔安，你忘了我说过，我是一个没有故事的人。我的过去是被漂白过的。乔安，疼痛那么深，深不见底。我能不能做那束阳光，照在你世界的每一个角落。像极光一样，0点升起，24点落下，给你想要的温暖。

楚，我曾是你王城唯一的妃

那天，雨水打湿了我的脸。王城那么凄凉，我孤身一人离开了你的城。你说，我是你王城唯一的妃。

我走在王城的每一个角落。曾经觉得偌大的王城，这一次怎么感觉小了呢？走到哪条街都是回忆。我记得你说过的话。你说，我只是不知道怎么说，丫头，你不该那么悲伤。因为你属于阳光，阳光下的你是透明的，会折出七色光。

我离开的那一天，你说你已经习惯了，习惯了离开，习惯了看人从你身边离开。王，那一刻，你的伤，我尽收眼底。而你依然说："妃，离开也许你会很快乐，而你快乐，也是我想看到的。"偌大的王城中，回荡着你凄凉的声音，楚在，王城也在，只是岁月笑红颜，别了曾经缠绵，楚若再生，天不骄纵，只是忘了流年催人老，离别谁也逃不掉。

王，只有你不明白，我为什么选择离开王城。离开是为了永久存在。你的明媚如此，而我遗忘了那抹幸福。沉淀的记忆里，是什么让你我同欢颜共泪容？我仰望天空，望着王城的所有，痛了流沙蚀骨般的情。

世界好远，日光倾城

记得最初，我很认真。我想说的是，我一直都很认真，从未有过的认真。可是，后来就像她说的那样，我们总是后知后觉。她说，你偶尔跟我吵个架，不然，哪天吵一次就该决裂了。她会发一些信息给我，比如，好想把世界搅得乱七八糟，谁都不得安宁。然后说，闹心，吵架都没人一起。是的，我心疼她，我从不与她争吵。到后来，她会说，你都不会难过吗？那么无关痛痒。

关于她，我是用心对待的。喜欢她发来"唉，我只是好想骚扰你"或"我们来聊天"之类的短信，她会说，我觉得你认识我真的很惨呢！接着说，唉，我私底下同情你一下好了。看吧，还真是个可爱的女子。

我对她说，我一直在，不曾离开。一直在你身后，只要你累了，一转身，便会看到我。那晚在电话中，因为这句话她哭了，不知道现在，她会不会后悔，假装坚强的她，在那天却哭了。

她会说，这样的守护是有期限的，我对人，对感情的信任也所剩无几。我忘了我当时是怎样回答她的。她回复我，你应该对我生气，跟我吵架。很多时候，我会猜想她发信息给我时的表情。她会在没有同事叫她吃饭的时候对我说："给我做饭吧，我没饭吃，你要快点，我会饿死的。"她会在我叫别人傻瓜的时候告诉我："你敢不敢不叫我傻瓜了，或者不这样叫别人了。"她会在周末的清晨被同事吵醒的情况下对我说："真闹心，我要睡了，午安。"她也会在深夜发短信给我："你睡吧，睡不着了响下我电话，我打给你。"

她会发彩信给我说："这是今年的第一场雪，分点给你。喂！我是不是说过此生唯一。还有，我是认真的。真是很抱歉，我最近没有做你的小闹钟，没有发短信给你，没有对你说早安和晚安。对不起，你恨我吧。"至今为止，我手机上只存储着她一个人的短信。

她会说："哥每天花钱都挺厉害，再这么下去，过几天就该在家装死了。"她偶尔会说："哥要换种方式生活了。"然后说，"哥敢不敢说对你没兴趣，我觉得敢，哼哼。"她还说："懒得跟你扯，你对哥没兴趣，哥知道这点就够了。"我回复她什么我忘了。她接着说："那是因为哥善良又温和，你才对哥念念不忘的。"

我离开的那几天，她发短信给我，我们都丢了自己。她依旧说，我饿了，不停吃糖，世界不记得我了。我没饭吃了。在我离开很久之后，我们偶尔有过短信。当我发现她拉黑了我的QQ的时候，我短信她，为什么？她说，没什么，没有一个人会一直停留在一个地方，也没有一个人会永远为谁而停留的。

最后，我也只能说一句：对不起。

后来，我开始相信，谁都不是谁的谁。我说过，我会在心里找个角落给你。那么，我的世界有一角是属于你的。

如果……那么，若我离去，后会无期。多年后，无期可待。

是不是，我们走得太远了，回不去了。

我只愿用微笑埋葬过去。

多年后再次翻看以前的东西，内心依然久久不能平静，最终还是翻看到了我的小娘子写给我的信：

给亲爱的相公落小爱：

小爱，我在医院里经受痛苦和折磨的时候，是你安慰我，用你那小小的肩膀给我依靠，用你那敏感的心告诉我，娘子，不怕，相公在这里。我知道最近的你肯定是不快乐的，我却不能帮你什么。你知道吗，你善良而且美好，爱上你的男人一定是聪明而且智慧的。被你爱上的男人一定会是幸福的。

相公，不管分离是多么的痛苦，但是至少不是把两个人的心分开。他是梁山伯，你必定要坚强地成为他的祝英台，而你也是必定可以的。你给予了我坚强，我也多么希望坚强同样属于你。痛苦的事情永远不是分离，而是不再见；悲痛的事情永远不是不再见，而是永远不能见。每一次分别便是泪水的泛滥，每一次相聚便是泪水的泛滥。在相聚的时候，就像随他远去的心重新回到自己心窝的那种感觉。跳动是一件久违的美好，离别与其之后的那些思念的眼泪，便突然间微不足道了。亲爱的小爱相公，我想你一定能够等待花开的。

如果不相见，怎会心相念。

如果不相念，怎会离别怨。

如果不相离，怎会知别愁。

如果不知愁，怎会深知爱。

如果不相爱，怎会摧心肝。

若相爱，不相忘；若相聚，不相离；若执手，共白头。

我守着山庄你给的所有

　　窗外的风景迷了我的眼，乱了我的心。人群中，有一个你，让我相信世界是善良的，安好的。让我怎么形容你的好？我难过了，你开导我；我开心了，你陪我高兴。我喝着刚泡的玫瑰水，淡淡的芳香，一下子让我沉浸其中。喝一口，清香甜美，给人一种甜而不腻、香而不厌的感觉。

　　蝴蝶山庄是你送我的礼物。可是我记得，蝴蝶飞不过沧海。我喜欢靠窗的位置，因为我觉得那样会离天空更近一点。我努力地踮起脚，却在下一秒悲催地低下头来。我用双手挡在额前，向远处眺望，想象自己可以看到你生活的城市，看到你与客户交谈，看到你所有的意气风发。而我却看不到你独倚窗旁时的凄凉，看不到你所有的心灰意冷。

　　你是心疼我的，对吧。只是这样的宠溺别无他念。

　　你看，我对你就是这么简单，如开在那一季的曼殊沙华，一朵一朵地蔓延。我蹲在角落，数着过往的时光，简单而明朗。不经意间，一转身，便遇到了你。

　　生命中，有一个人可以去惦念，是缘分；有一个人惦念自己，是幸福。

逸安。花开过

逸安。记得花开过，无论怎样，花开便会败。

夜深人静，你在哪儿？原来，谁都不是谁的谁。

你站在十二楼看风景，有着像风一样的思绪。

想着那些年……

逸安，生日快乐。

喂，你一直都在的，对吧。我记得你的。

所以，快乐点。

只是简单地祝你生日快乐。

不去想所谓的公平不公平。静静地闭上眼，静静地离开。

小时候，听那句"蝴蝶飞不过沧海"，心里的某个角落就隐隐作痛，他们说不是因为少了勇气，而是没有了彼岸花开的等待。于是，害怕看到那些破茧成蝶，它们终有一天要倒下，那么我们呢？

静静地行走中，有时惶惶不可终日。受了伤，又习惯倔强地做一只鸵鸟，把悲伤埋在过去，懦弱而生分。

时光也总不够委婉，它在深处啜泣，我们的青春就掉了，没有一丝痕迹后还逼着我们告别，并选择一种最为盛大的方式。

经年之后，变沉默了，不是不想，只是害怕绚丽之后落下的，是一片无际的荒野。

可是，看到一个个同类泪盈于眶，是年少的悸动，才发现，我们的瞳仁依旧明亮，我们的血液依旧鲜艳，我们连跳跃都要保持一种向阳的姿态。我们终究是大了，那些晶莹剔透的，那些甘之如饴的，就算是那些阴暗晦涩的，其实一直被藏在最安全的地方——温柔的指尖。

遗忘了幽幽经年，淡却了死生宿命，就因为我们要自然地快乐很久，我们这群蝴蝶在这里一起等候，一起相互取暖，一起享受欢欣悲郁，丰富生存的感觉。

或许这真是一个适合怀念的年代，晨光里一个陌生人精致的侧脸也叫人莫名地爱上。还是不要一瞬间就老去吧，在这里约好后一起飞过那片海，总有这样一个人，因为爱，因为信仰，因为梦想，在等你，只等你。

等他们轻轻在你耳际说出那句"你知道我有多不舍"，于是，一生足矣，不负那份对文字的虔诚。

我们要听见夏天的第一声蝉鸣，我们要看什刹海开满了荷花，我们要感受一种叫作芬芳的东西，所以，请允许我们扑动翅膀的同时，用文字的名义挽留你。

你给我一个承诺，我许你一世柔情。

荒了——寂寞

记得那天白白来我家，我忙忙碌碌一早上，家里没人，我要给我的白白做饭吃。打电话给她，可我发现我在给白白做饭的时候竟然微笑着，很美的感觉！

我一直站在时光里，捧着时光的碎片，看着我的朋友们。这一路我看着风景，却忘了欣赏。是谁对我说："你看啊，我们都不在了。"又是谁在我苦苦找了很多年仍然没有结果的时候，突然出现，对我说："我想见你。"然后说你依然记得那时候我对你说不要闹了的时候，一本正经的样子。

我曾说过，我不离开，我一直都在的。你看，现在我依然在……

我一直在等，等你回来陪我看细水长流。似乎太久了，久得我都忘了我的存在。然后你的出现，再一次让我崩溃，让我伪装这么多年的坚强露出了马脚。我一下子变得不知所措，像个做错事的孩子一样，不知道如何是好。

那年夏天，我们离开，我看着你远去的背影，以为离开了你我会坚强不下去。然后你突然间消失了，没有留言,没有电话,仿佛你不曾存在过一般。我发了疯似的满世界地找你。我开始不爱说话。后来遇到了白白,再后来我开始学会了保护自己。是的,我的白白。

我忘了有多久我不曾开心地笑过……

我忘了有多久我不曾那样地闹过……

我忘了有多久我不曾……

太多太多……

都说缘分刻在三生石上,我却不知道我的三生石上究竟刻着什么!彼岸花开。我们说过一起去看我们的三生石。

唯独我一人站在这里。突然很想离开,因为你说过要和我一起去流浪。我都记得,不曾忘记过。那年的画面像电影一样不断地在我脑海闪现。

他们说:"小爱,我们都很幸福。"嗯嗯,我们都是。我们在流年里同归。

荒了——这寂寞。有你们在……

如今,我们早已不是孩子。我们拥有的,多不过失去的一切。我说我要改变,不是因为任何人,而是我自己。我知道,这么久以来,我总是让自己不开心。是我把自己禁锢了吗?

小夕,要对自己好。不可以再让人心疼了。染,还有你在。还有流苏、咖咖，谢谢你们陪着我。好想给你们一个真实的拥抱……学会了用笑脸掩盖所有悲伤。这样的伪装，久得我都分不清到底哪个才是真正的自己。

荒了——寂寞。是谁陪着我，而我在哪里？

习　惯

　　曾经年少，后来习惯蜷缩在不开灯的房间的角落，头埋在双膝间。把手机调成静音，然后看屏幕在闪烁，接着暗下去。然后内心的某个角落也暗下去。

薄　凉

有太阳的时候心还是暖不起来。

终于知道，我始终写不出那样温暖的字。

这么多年，我一如当初那么倔强。而你，一直在我心里。小盼，生辰快乐。

一个人旅行，一直努力做个温暖的人。可是我知道，我最终只能做个薄凉女子。窗外的风景在倒退，我决定给自己退路。

行　走

　　看吧，旅行才会忘记。那么，多年后我亦是这样一个女子。不停地行走，许是为了奔赴一场流浪。我注定孤独。

安　定

　　这个冬天，幸福显而易见。她不再像曾经那样总是幻想，而是越来越喜欢这样的安定。有她在，便是全世界。

噩 梦

　　她总是失眠，不断地做噩梦。曾经她会在半夜打电话给他，可是，后来，再也不会了。哪怕被噩梦惊醒，她也只是躲在被子里，不再告诉他。再后来，她学会了坚强，学会了一个人承受所有。因为那个人再也不会像曾经那样为她撑起一片天了。

陪　伴

　　我想依赖而你却不在。巴黎告诉我，我会一直深爱你多久……

　　安静。15楼望下去，灯火明亮。夜风。心情淡淡。我想做个安静的守望者。那么，外婆记得有我。

逃　避

　　她开始逃避。不为什么，只是不知道要怎么办。她觉得自己像个残兵败将，还没有战斗，就先投降了。可是她胸腔里那个小小的东西告诉她，她离不开了。她再也爱不上别人了。哪怕她逃跑，她还是爱他。他对她说，此生只娶你。她对他说，此生只做你的妻。

嗜　睡

　　感冒无聊，翻看这次她发来的我们的照片，却发现愈来愈想念。看着被扔到一边的《哆啦Ａ梦》，心里开始难过。一遍遍地告诫自己要坚强。越来越安静，不喜欢说话，不喜欢吵闹。决定给自己安定，哪怕像最近一样嗜睡。

退 路

　　如果时光可以倒流，你会不会依然选择我，还是就此放手。离开这么久，她选择遗忘所有，只是为了守住曾经的美好。她说她总是不给别人退路，也不给自己退路。原来她也可以这么残忍。

风 景

　　阴天。心疼。微暖。那个女子说，只是想要你好。心里的感动，一塌糊涂。这么多年，习惯了周围的冰冷。一直都是一个人，因为放不下另外一个女子。车窗外的风景我不留恋，心里有个你。

义无反顾

　　夜深。发烧。独念。想念那一季的时光，无关痛痒。想去旅行，带着他送的"小刺猬"，别无他念。想义无反顾地不回头，跟着他走到地老天荒。

荒 凉

　　一杯凉了的咖啡，一盆刚买不久的仙人球，一只还没有寄出去的《哆啦A梦》，以及一个内心荒凉的女子。如果……那么……我爱你，可以不声不响。

停　止

明媚如春，我按捺这一端无故揣测的念想，不想毁了那个原来的自己，颠簸跋涉，抵不过一抹相思和无悔无怨。H，我想把冬天当成夏……

如今，灯下闲读，红袖添香。半生浮名只是虚妄。

写不完的故事，却偏偏不敢提及自己。

什么时候开始的倔强。

一直在走，一直在走。却忘了最初要行走的目的。

听说冬天来了，会很冷。如果我也可以冬眠，那会不会温暖一点？

对自己残忍，总好过对别人残忍。

我怎么丢掉了你。

我想抛开所有的脆弱，做一个如向日葵般的女子，浅笑嫣然。

天冷的时候，心却怎么也温暖不起来。终于下定决心，做个温暖、安静的人。她说要不停地行走，告别曾经聒噪的自己。在这一年快要结束的时候，才发现已经很久没有写过文字了。那么……是不是要停止？

自欺欺人

某个不经意的瞬间，突然就忘了你，然后忘了自己。

如果我带来的只有灾难，你会不会依然有勇气陪我走完？

如果有一天我从你的世界消失了，你会不会在半夜突然醒来，想我想到泣不成声。无论我变得如何强大，你仍然会是我的弱点。忽略那些疼爱我们的人，而去疼爱那些忽略我们的人。有时候，我们哭泣，不是因为软弱，而是坚强了太久。

我们都一样，一样的自欺欺人。

邂逅相遇，与子偕臧

很久没有提笔写字了。

像是丢了什么重要的东西一样。

果然，生活得太过安逸，并不是一件好事。

有时候有一种很奇妙的感觉，曾经的陌生人，突然之间成为了你的整个世界。

就让我们给时间一点时间，让过去过去，让开始开始。

最好的爱情，没有天荒，也没有地老，只是想在一起，仅此而已。幸福是，两双眼睛，看一个未来。

就像很多时候，我转头看R先生的时候，发现他也正好在看我。

都希望在最好的年华遇见一个人，可往往是遇见了一个人，才迎来了最好的年华。

记得前不久，我问R先生，你爱我什么。R先生的回答是，什么都爱，你的一言一行，一个简单的表情，一个简单的动作，具体说为什么爱你，可能就是因为是你。R先生还说，唯一不喜欢的就是，你总是习惯一个人承受一些事，我不喜欢你一个人承受太多，我想让你和我一起分享。我知道我还是学不会太依赖一个人。因为依赖，所以期望。因为期望，所以失望。我只愿平淡安稳过好这一生。

做一个安静的人，读书，旅行。给自己一段柔软的时光。

在写这篇文字的间隙，朋友发来消息问我，结婚后有啥感觉。我只回答了两个字"安心"。朋友说为什么他会觉得惴惴不安，我让他问自己。他是个比较偏执的人，什么都要眼可见手可触才可转为说服自己的认知。所以，答案在他心里，只是他还是信不过自己。

其实我们的刻意不过是骗了自己的谎言，也许彼此需要对方的时候，我们都不在彼此身边。它所留给我们的，仅仅是片片回忆和那曾经握过的双手上残留的些许余温，别无其他。徒然间，却发现当我们一起期盼新生的到来时，忽略了年华的逝去。不热烈盲从的岁月，又怎么称得上是青春。

凡事不要想得太复杂，手握得太紧，东西会碎，手会疼。

感谢时光，让我终于遇到R先生。感谢R先生，陪我度过漫长一生。

　　夫君，可否许我一世暖言，带我去那幸福的国度。

　　岁月无言，相伴无声。念，在每一个晨钟，每一个暮鼓。用初见，珍藏岁月的静好。我知道，待到经年以后回望——翻开，是初见的惊艳；合上，是在心底的暖。

时光很短，幸福很长

——赠给这个世界独一无二的 R 先生

18℃的温暖，是手牵手时的温暖，是拥抱时的温暖。

《现代汉语词典》。第5版。

1747页。正数第8个字。

1802页。倒数第4个字。

1743页。正数第8个字。

1253页。最后1个字。

1663页。正数第5个字。

1802页。倒数第4个字。

1507页。正数第1个字。

817页。正数第8个字。

我觉得这是截至目前我所有的心情里最浪漫的一条。

在某一天，我们会遇到一个人。他的出现教会你什么叫幸福，他的出现告诉你什么是安心，他的出现让你体会什么叫无忧无虑。有一个人在你耳边对你说：我爱你。他会告诉你，以后他会给你幸福。他会对你说，什么都不要想，一切都由我去想。他还会说，我要和你牵着手走下去，我们要见证现实中的幸福。

陪伴，是两情相悦的一种习惯；懂得，是两心互通的一种眷恋。时光清浅，携手一起老。

有一天，我们可不可以如此幸福
一起去想去的地方看美丽风景
一起吃想吃的小吃再细细回味
在每一处留下我们的足迹与回忆
有一天，我们可不可以如此幸福
去爬从前说过要一起去的山
彼此依偎看天际明亮的星
等天亮，我陪你，陪你对着阳光拾起满地的幸福
我喜欢你瞳孔里面的太阳

七月的天空，藏着我暖暖的幸福。

倾我一生一世，换取岁月静好。记得有这样一段话：时光静好，与君语；细水流年，与君同；繁华落尽，与君老。静好的时光里，小城市，总是有一个人，是你一生的回忆。一个人最好记性不要太好，因为回忆越多，幸福感越少。

　　我愿在这样静好的时光里，任心若云归，年华静美，然后，慢慢老去。静静地，听见花开的声音，听见幸福的声音。

　　爱情是一百年的孤独，直到遇见的那一刻，所有的孤独都有了归途。

　　一切很美，只因有你。幸福不是努力去爱，而是安心生活。深深的话我们浅浅地说，长长的路我们慢慢地走，我是你每天开心的理由吗？

　　在最美的年华里，与一个人看一场花开，看一处风景，许一段柔软的光阴，即便有一天，看花的人也老了，蓦然回首，那些心心念念，那些唇红齿白的时光，依然美得生动。

　　我亲爱的R先生，请给我一个不减的地老天荒。

你是时光盗不走的爱人

前不久，收到朋友的问题："两个人为什么结婚？结婚的意义是什么？"他说找不到答案很多年，问我刚合适。正好最近闲来无事，于是，就应了下来。

爱情和婚姻，一种是理想，一种是现实。最好的婚姻应该是两个人内心的坚定以及互相宽容理解。但是，为什么要结婚呢？因为爱情？因为到了结婚的年龄？因为金钱、地位？因为奉子成婚？反过来问问我自己，我竟也说不出个理由。可是分明我听见了怦然心动的声音。

R先生也曾问过我，第一次见他是什么感觉。我说，我是个慢热的人，对感情从来不敢怠慢更不会冲动。第一次见R先生，因为我迟到了，我到达约定地点时，拿出手机打给R先生，抬头寻找的时候，只见R先生拿着手机对我招手、微笑。那一刻，我有一种安心踏实的感觉。后来，我跟R先生说可以用七个字形容，就是"尘埃落地的安稳"。

　　一直以来，我还是学不会去依赖一个人。因为依赖，所以期望；因为期望，所以失望。我深知，一切根源在于依赖。于是，总是与他人保持一定的距离。即便是和R先生在一起，我很轻松也很安心，但是，偶尔有点小难过的时候，还是自己一个人去"消化"。我不知道该怎么向他倾诉，所以宁愿选择独自承受。后来的某一天，我的小矫情又泛滥了，R先生一直想着法儿让我开心，我欲言又止，又不忍心我的小心情影响到R先生。于是，有一搭没一搭地聊天。R先生突然说，想哭就哭，我的肩膀给你，我不要你坚强，我只要你开心，肆无忌惮，以后要习惯我的肩膀。他说，我爱你，小傻瓜。

　　R先生又说，要开心，开心要找我，不开心更要找我。我说，想找你，可是又不知道要不要这样。R先生坚定地说，小傻瓜，肯定要啊，你还能找谁？有什么都能给我说，不论发生什么事，只要记得，你还有我。

　　我继续道，不习惯与人诉说，总觉得这样太矫情。R先生一如既往地温柔道，给自己亲近的人说自己的心里话，不论是开心的还是难过的，都不能算矫情，每个人心里都有一些事需要倾诉，要不憋在心里会很难受的。记住，我就是你坚强的后盾，要不都亏了这身高和体重了。

我说，都说胡闹是因为依赖，而我却不敢依赖，可是，和你在一起的那个我却是最舒服的。R先生说，所以我要你对我肆无忌惮，为什么不敢依赖呢，这样我会失落的，不管你怎样，我都爱你。以后有什么都给我说，这样我才有存在感呀，男人也矫情，不论哪种方式，只要你觉得舒服就好，开心就好，男人的被依赖感是很强的。

爱情是一种遇见，婚姻是一场持久的爱情，一场遇见一世缘，懂得是溢在心底的温暖，将这一场遇见整理成世上最美的情诗，让思念行走在字里行间，开成一朵温暖的花，安放在心中最柔软的地方。

真正的爱情是慢火精心熬制的，而不是速溶的。很多时候，人们拒绝嫁给爱情，要嫁给一个懂你的人，嫁给一种舒适的生活。可是这一切不都是源于爱情吗？如果没有爱情，还有这一切吗？

我问R先生："你觉得两个人为什么结婚？结婚的意义是什么？"问这个问题的时候已经很晚了，发完消息我就睡了，早上一起来就收到了R先生的回答："婚姻，我个人认为是两个相爱的人共同生活的一个凭证。因为缘分，茫茫人海中相遇相知相爱，从起初的互相吸引，结婚后的互相帮扶，到生活中的相互依靠。婚姻也是一个人成熟的过渡期，从父母眼中的孩子到一个成人的转变，结婚之后将拥有自己的家庭，自己的丈夫(妻子)，自己的孩子。有了家庭也就相应会产生责任感，对家庭的担当，对双方父母的责任以及对下一代的培养，在生活历练的过程中会慢慢成熟稳重，责任感加强，是人必须经历的重要一步。"

最远与最近的距离，不过是心与心的距离，婚姻就是平淡相处。生活不简单，但是我们可以简单过。好的爱情，是让你变成更好的自己。唯愿每一次遇见都是温情的相拥，每一次都能看到彼此最美的微笑。爱情是彼此的思念，是永远的牵挂，是心甘情愿的挂念。

爱一个人，是和他一起老，从红颜到白发，从牵手到时光的尽头，时光清浅，携手一起老。择一城终老，遇一人白首，那份珍惜与懂得，是你给我的暖，带着岁月的味道。

结婚是思想上的依恋，心灵深处的归宿……每个人有每个人独特的爱，拥有的才是最好的。

我站在这里望向你，你的笑容在阳光下清晰可见。这也许就是结婚的意义。

你的路途从此不见我的苍老

　　只是突然很想你。窗外的天空呈现出狭小的空间，我趴在床上，偏头看着书架，停网了很久，笔记本现在只是用来玩游戏。朋友DIY（自己动手做）的蓝色妖姬放在那里，还有你送的那盒德芙也在那里。这么久了，我一直拒绝想起你。就像从前我总是自欺欺人一样，我假装你是爱我的，我假装你写的那些话都是给我的，可是有些事，却是假装不来的。比如你真的没有爱过我，比如那些话并不是写给我的，比如那些歌也不是唱给我的。

　　而我又不甘心只是这样，拼命地想，你是否有说过暧昧的话给我。是的，曾经你也说过暧昧的话，为什么我却觉得那么遥远呢？那些话真实地存在过吗？你说的想我，是骗我的吧，为什么我没有感觉到你的想念呢？我牵着你的手，却感到你心不在焉，你还是忘不了她，你也曾不止一次地这么说过。

　　昨天看到一句话，谁的新欢不是别人的旧爱。可是你曾很多次地在我面前说，你是那么地爱她，你想让她成为最幸福的新娘，你说你欠她的太多。好吧，我只是一个聆听者，我什么都做不了，哪怕你说离开，我也只是默默地低头，然后转身。只是没想过离开会这么早。

"对不起，我曾强迫自己去爱你，可我做不到，我不配拥有你。"这是你离开前发给我的短信，你是想告诉我，爱情是强迫不来的，对吗？你忘了，我不曾强迫过你什么。你亲口告诉我，你不爱我，我什么也没说，假装没听到，依然像往常那样对你。你不曾给我一次回眸，我却始终对你微笑。

后来便去喝酒，心口的疼痛和酒的灼烧让我清醒。我明白，无论我怎样对你，你都会视而不见，你可否知道，喝醉的我，嘴里喊的是你的名字，打电话给你，响一声便会听到你的声音，我的心在那一刻也安定下来，我无理取闹，这是我惯用的伎俩。最终妥协的也是我，因为我明白，你不爱我，而你的忍耐也到了极限。唯一温暖的是，每次都是我先挂电话，而你的回答也无关暧昧，说习惯了而已。

你不止一遍地问我，为什么和你在一起，而不是别人。我总是闭口不答，我不知道怎样的回答才最完美。

我偶尔会在过节的时候发个短信，无论你回与不回。当然，我也会收到你的短信，我总是不回。离别总是好的，会让我们逃避一些东西，想念的或不想念的。于是也就这么擦肩而过了，我曾爱过你，只是一切与你无关。

坐在公交车上，外面流光溢彩，我木然地望着这个城市，每个人都会温暖，只是这样的温暖会在不经意间出现。

渐渐地改了一些习惯，一直钟爱雀巢的我，突然买了卡布奇诺，买了一缸鱼只为了欣赏。曾经聒噪的我，安静了许多，买了许多书，却一直忘了看。

最后的最后，我是不是忘了告诉你，那两颗玫瑰花形状的棒棒糖，是我吃过的最好吃的糖，那盒德芙是我最珍贵的情人节礼物。那么多的时光，我只愿安静地做你的听众，哪怕那些歌不是唱给我的，我也习惯了静静地坐在你身边，珍惜每次仅有的100多分钟，听你唱歌给你曾经的爱，而我也只能是一个局外人，尴尬地站在一个离友情太近、离爱情太远的位置上，进也不是，退也不是。

谁也不会是谁的谁，日子还是一样的细水长流，想念曾握在自己手中的苍凉岁月，安静地看日落，那些忧伤，从此无家可归。

木　染

　　慵懒的午后，我的世界如此安静。那个叫心脏的地方，里面满满的都是你。我竟如此贪婪地享受幸福，来得这样快，你带着你全部的快乐，闯入我的心，让我着迷。伫立在窗前，想起你那温柔的脸，感觉像下了一场流星雨，铺天盖地。一个没有写完的故事，一个没有结局的梦。思念继续蔓延，你就像午夜阳光一样，那样的温暖直到天亮。幻想每一个日子都是幸福，你我牵手走过。因为你，我停止了标记孤单的脚印，会不会有人在世界的一角，默默地记录着属于我们的幸福呢？你美好的样子就那样深深地印在我心中，而我的拙笔却无法描绘出你的美好。那么，就让它刻在我的心中。

　　以此送给那个我此刻正在深深思念的女子。

　　注：此文是朋友委托我写给他心爱的女子（我的好朋友）的情诗，只可惜他们后来未能走到一起。缘未到，莫相惜。

日落后的温柔

　　大片大片的麦田，远处的再远处——似乎是未出现的风景，即使在梦中，也存在距离。当晚风拂过大地，有谁陪我走到寂寞堂口？当燕子低语呢喃，谁来陪我对酒当歌？我站在那一季的缤纷里，守望着遥远的回忆。可早已不是从前的自己。忘了该如何诅咒。许多次的黄昏，温柔得如同那抹橘黄。静静地——依旧记得，诡异的文字，连同鬼魅般的灵魂。降临的黑暗，让我们别无选择。真的不可以吗？冗长冗长的梦。我独自在徘徊，却走不出后来。在夕阳中，无意间回头，看见了安静的影子。那一刻，似乎找到了遗失的美好。曾经，是未出现的风景。

附录

清水芙蓉新月光

秦海涛

　　和小爱相识缘于对她文字和人品的欣赏。

　　感谢互联网时代，让文字和灵魂可以如此方便地，充满机缘和美好地邂逅。

　　我喜欢这种简单纯粹，彼此欣赏信任相悦的朋友关系。虽然平时联系不多，但又可以随时联系。可以深入交流任何话题，也可以相托世间大事小事。这是人间多么美好的一种交往方式和朋友关系！君子之交淡如水。时空之隔无碍精神知己间内心的亲密。

　　她平日称呼我"秦老师"。我一直以"小爱"称之，以妹妹视之，以平等的朋友关系处之，更以一个不凡的写作者思想者才女叹之！

　　小爱是典型的回族姑娘，是一个美丽得让人可以凝视叹赏的女子。回族的血统和文化基因展现着多民族多文化多宗教的完美融合。这是中华民族大家庭里一个能体现中外文明和血脉交融的优秀民族，这也是一个千百年来在华夏大地孕育发展起来的土著民族。

　　回族男女普遍比较好看，美女佳人尤多。小爱更是回族女子里的女子，佳人里的佳人。浓眉大眼，眼眸澄澈而莹莹，玉一样的面孔，月一样的神容，没有一丝烦忧，没有世俗烟火的影子。虽未笑，眼神口角却带着浅浅的真切自然的笑意，映照着内心的光芒。

小爱是虔诚的穆斯林女子，人美心善。有信仰的女子常有一种独特的达观安宁沉静之美。戴着头巾的小爱更是散发着信仰的辉光。

小爱，这个笔名让人看起来读起来想起来都温暖美好。

小爱，一种美丽温婉又不失活泼灵动的——深爱，温柔并着思想的张力。

小爱，写的是细细暖暖的小爱，一如时光一如玉地写作中的爱。

十年吗？是。小爱，我们至今没有见过面。

十年人生

书生红豆

　　天空湛蓝。那一年，你还很小，明眸皓齿，顾盼神飞，如冰雪般聪颖、纯净，我惊叹造化偏心厚待你，匆匆中只记着你低头的娇羞和笑容，还有我那句似懂非懂的话。而那一年，我背起行囊，离开故乡。

　　当我再次见到你的时候，你已经长大，十六年，美丽而落落大方，一切恍若梦幻，你点燃了我所有的记忆，与你有关的一切。

　　小城那座小楼，很简单，没有任何复杂的构造，没有任何修饰，朴素得像个梦境，却承载了我很多美好感觉。

　　一个夏日的午后，第一次看见你，你抱着书和作业，扎着小马尾辫，清澈美丽的大眼睛，望着我，你是我的邻家小女孩。

　　日子过得很简单，学校，宿舍，用脚能丈量的距离，近得站在窗户上就看到了学校。

　　后来，我多次回去，好几次都在那座楼下徘徊，熟悉的门，熟悉的路，不能再旧的老楼，依旧矗立着。

一天下午，我刻意绕着那座楼走了又走，下意识地想一下子把它刻进我的脑海。我的青春，我的爱恋，我的梦和我的亲情，依依难舍，又似肝肠寸断。

离开，我已经分不清是上学还是生活，在千里之外的龙城，我喜欢下雨、回忆和思念。十六年的岁月留白，我在深夜的思绪沾满了关于你的回忆，明眸皓齿的你，纷飞的记忆碎片，一份纯净的感情——那份可望而不可及的无瑕美丽。

多年后，我希望还能看见你，说一声你很美丽。

春风十里，璀璨是你

空 门

很久没有静下心来写点什么了，直到昨天小爱说，编辑部催了，速补几笔，了却一桩心事。

多少事，从来急，天地转，光阴迫。转眼十年，匆匆时光，留给我的除了寂寞修长的青春哀愁，还有和你煎茶看雨听风的点点滴滴。

十年，你从妙不可言的少女，变成今日我心中与世无争的仙女。是的，你在我心里，长不大，就像十年前叫你向日葵小女孩一样，把你当一朵太阳花，这辈子都做你的太阳。

生命有多长，就有多少悲欢离合。这么多年过去了，曾经在我脑海里不停地打起波澜的那些记忆，现如今也如同河面上斑驳的小船，晃晃悠悠，随着岁月的流逝而从容不迫地越漂越远，直到模糊。但是我承认，只要我愿意，再模糊的记忆都能被打捞起来，尤其是和你一起的绵长时光，如滔滔江水，忽然涌至。

记得刚认识的时候，我们在一个文学网站。因为那个时候的文艺青年，都不急不躁，用的是QQ（一种中文网络即时通信软件），写的是博客。我们去的多是榕树下、天涯、贴吧和各类文学门户网站。漫不经心地写故事，对所有读者都真心相待。我们互相欣赏，一起讨论过心动少年的容颜，也讨论过谁家少女的才情，我们一起写故事，从早安到晚安，从虚拟到现实。

再后来，大概是2010年开始，我们慢慢不再去各大网站写文，而是各自做了独立文学论坛，这一做就做到"论坛时代"结束。那时候，我就知道，我的小爱，是一个才华横溢又有情怀的女孩。不仅文笔优美，故事动人，从来文字都走心。颜值俏丽，朋友五湖四海，追求的少年更不胜枚举，性情也似百合花香，令人着迷。即便今日回首往事，都觉得青春的风雨兼程，遇见你，是三生有幸，上苍垂怜。那时候的人，情深意重，和而今人们的友情判若云泥。每逢想此，羡慕我自己，早早认识你。

十年了，多少人在感叹，人面不知何处去，桃花依旧笑春风。而我和我昔日的女孩，依旧青山不改，绿水长流。时间紧迫，执笔至此吧。愿我的小女孩落小爱，此生遍历山河，踏尽人间美好，往后岁月平安喜乐。待年华垂垂，你的周小妖依旧伴你左右，看长明星河，在日复一日的寻常里，风景全是你。

给圈爷的小文章

QuAnTum

遇 见

学生时代的一个周六……

Y："你想做公众号是吗?"

我:"嗯,是啊Y,我蛮感兴趣的,一直想做一个文艺的公众号。"

Y："我给你介绍个合作的伙伴吧。兰州人,才思敏捷,动手能力强……"

我:"好啊,原来兰州除了拉面好吃,还有厉害的伙伴,哈哈哈哈!"

从QQ到微信,从线上到线下,从选题到采风,我、圈圈、Y三个没见过面的陌生人,凭着同样的兴趣爱好,借助网络,成了好友。

对,初次的遇见,是网上,这时,我们并没有见过面。

相 见

和有趣的人处在一起,时间总是过得特别快,从宇宙到人类,从爱好到日常,总会有聊不完的话题。闷蛋也会在聊得来的人跟前停不下来地狂说,比如我,何况我还不闷。

就这么不知不觉，大半年过去了，Y因为学业太忙而逐渐淡出了编辑团队的小圈子，就剩下了我和狂能说的圈圈编辑扛事儿，直到学生党的假期。

学生党返乡、回城的周期轮回，就这么重复着。可这一次循环，有点儿不一样，因为有了约，就有了牵挂，我心意已定，回校途中，要去兰州，见见这位才华横溢又聪明能干的漂亮姑娘。那年上海回新疆的火车，纵穿甘肃的时间似乎短了很多（沪新直达车有近一半的时间是在纵穿甘肃），到了兰州，我还特意下到了站台，提前呼吸了一下兰州的空气。

又等了一个多月，我怀着见大佬的激动心情，终于搭上了去兰州的火车……

你和兰州城

> TO
>
> 圈圈：
>
> 说实话，你别生气，反正生气了你也打不到我，其实来兰州，就是奔着你和牛肉面来的。不知道你还记不记得，我刚下火车，见到你的时候，竟然紧张得流汗了，哈哈！我甚至清晰地记得你那天穿了绿色上衣和白色裤子，不过和你一说话，我就不紧张了，毕竟那时候我还是个学生嘛，哈哈哈！

下了火车，见到真人，一看你就是一个令人很温暖的姑娘，几句寒暄之后，突然发现自己就不紧张了。这也算是完成了最惊险的一跃，由线上网友变成线下朋友。

从那时起，一直到今天，都觉得特别庆幸，能和你相识。

小西湖，灵明堂，还有那座能俯瞰兰州城的山，缆车，寺庙，中山桥。目之所及的兰州城，行之所至，都有你成行，说真的，当面我可能觉得难为情，说不出口，这么写篇文章是个好事儿，我有了个说谢谢的机会，真的万分感激!

当 下

转眼，相识已有四年多，我也由学生党变成了社会人，你也升级为宝妈，有了自己的家庭。都说异性之间不存在真的友谊，其实这是个伪命题，带着某种目的去交往异性，自然不存在真的友谊。可如果在认识的最初，是因为双方的志趣、三观等相近，双方的关系基础是在这岁月中多个朋友相互陪伴和欣赏，那这份友谊，我想，应该是存在的，比如，我和你。

岁月会流逝，我们也都有自己的圈子，可这份友谊，会历久弥新，因为你我的个体本质不会变。

祝阖家幸福，开心，有空一家人来新疆吃烤肉。

很高兴认识你

杨　俏

致落小爱：

　　我遇见一个女子，时光不断描绘着她的样子。

　　你好，我是小凉茶，很高兴认识你！

　　我所有遇见你的样子，都只是因为是你，是独一无二的你。

　　那时的我们都还年少，因为文字相识在茫茫人海里。初印象的你，喜欢写忧伤但又明媚的文字，喜欢说话，喜欢交朋友。那时的我们，总是对未来充满期盼，又有着稚嫩的感伤情怀。那时的我们，身边有很多志同道合的朋友，时光里走着走着，便成了回忆。

　　有着北方女生的直爽和热情，又有着南方女子的温婉。是执着的，可以坚持每天问候，每天留言。总是对身边的人，毫无保留地付出。以至于我说，你和小乖都是在下雨天把伞给别人的傻孩子。

　　我曾说，我把快乐藏在影子里，那么如果我快乐，是因为明媚的你照进了我心里。或许我总是规劝，要你开心，要你温暖，这是大家都懂的道理，真正美好的是你。

你曾说，我们总会相见的。是的，在那个重要的日子里，我终于兑现我的诺言，遇见最美的你。

最近翻了很多从前的东西，留言、日志、录音，翻着回忆开始找过往的人。有的人，散了。有的人，淡了。过去的回不去了，能陪伴的是未来给不了期限的。人越长大，越开始患得患失。大概是长大了开始懂了生死，开始有了别离，开始不断失去，也开始学会承受更多残酷的现实，开始小心翼翼。我们的相遇是一场盛宴，很多人走着走着就散了。还好，你依然在。

落小爱，我也会一直都在。

故事，我们在时光里慢慢聊。

蘑菇不会开花

刘小宇

2018年8月21日，你发消息给我，要我写篇关于你或者我们的文章，又要我写99页的情书给你。我说你不是有很多情书吗？你却答我，你只有那封我写给你的26页的情书。我是个健忘的人，所以我去翻了翻QQ空间。别人叫你落小爱，而我叫你张小落。因为只有这样，你才会记住我。2012年9月29日我们认识，好快的六个年头。小凉茶逼我给你打了第一个电话，是因为你伤心了还是怎么了，记不清楚。我们正式"交往"。

那个时候你总是在的。文章里，视频里，电话里，想象中，空气中，哪怕是喝酒麻痹后的大脑中。得不到的永远在骚动总是没错的。我说，多想你是我的。你说，我就是你的。我们太甜蜜，但我们并不是糖，也没有甜到哀伤。我说，张小落，我是蠢人刘小宇，我喜欢你，蹲下来陪我做一个蘑菇吧。

2016年我们终于在兰州第一次见面。你穿着婚纱，而我在别人诧异的眼光中以网友的身份，一见面就摇身变成伴娘。走了一段你时常走的路，待了一阵你一直居住的小屋，看了一会儿你穿梭过的城市。于我，就是一段旅行。只是那段旅行是因为你。

我要走了，便起身离开了。离开后还会有你用微信发来的消息，你到某处寄来的明信片，如此就会一直存在。于你，我只是假想的离开。所有的都是未完待续。

陪你二的大鲨鱼

张雪冬

你说你要出版关于你那段难忘又模糊的岁月时光的书,大概都已经忘记我们有过怎样一段故事。前不久的一次游戏对话,我竟忘记你的称呼。

初识你,一个位居高位的神秘人,昵称显示落爱(不知道有着什么含义,也未曾去想过)。

后来,听大家都唤你小爱。蝴蝶山庄的群主,有着一群臭味相投的文学友人,大家分享着自己的文学故事,一起探讨着文学最深处的含义,坚守着自己的文学信仰。就这样,我这么一个伪文学混迹在了这么一群人里面。大家叫我黎公子。

你就是那么轴的一个人。

你说你有你的信仰。

后来有了千度文学,有了属于自己的文学网站。

算是有了归属,成全了你的信仰。

那么,小爱,你还好吗?

后来,你不再叫我黎公子,我也不再唤你小爱。

如果我是二货长颈鹿,谁是陪我一起二的大鲨鱼。

就这样我成了陪你二的大鲨鱼。

大大咧咧的女汉子，这是大家认识的你。

我眼里的你像是一个魔鬼，戴着面具。

外表无所畏惧，内心却有着一个娇小柔弱的孩子，让人心生怜悯。有时会莫名地让人感到恐惧，冰冷无情。时而又让人欢喜愉悦。

你说你天黑不出门，胆子小，身子弱。

你说藜芦是一种药，可以为自己疗伤。

你说就算世界荒芜，总有人会是你的信徒。

人的一生至少有两次冲动，一是奋不顾身的爱情，二是说走就走的旅行。

我去了云南。去天的这头会了会自己。

我去了兰州，去天的另一头会了会你。

哪怕这一趟迁徙之旅没有归途。

十五年守候寂寞花开。

几年过去了，就像断片的胶带，留下了一大段空白。

你结婚了，你生娃了，你娃一岁了。

就这样，彼此嘲笑的我们，已为人母为人父。

这大概就是感情吧，即便过去多久，相见亦不生分。

故人不散，愿你安好。

愿你三冬暖，愿你春不寒；愿你天黑有灯，下雨有伞；愿你一路上，有良人相伴。

青 春

弥雅尔尔

大家的认识是从一个普通到不能再普通的文学社开始。这里面没有文人相轻，也没有"大咖"与"不咖"的说法。

时间久了，越发地感觉大家相识的缘分并不是"文字"，而是"文"里面的情。

这种情可能是爱情，可能是亲情，可能是别的甚至是很超脱的情。而这些情则带领着我们从伙伴的字里行间感知认知或领悟一些东西。

所以在亲情、爱情、友情等交织而成的生活里认知一个人不难，难在初心不变。

文字的魅力和力量可能在这里会更和谐地彰显出来。

从稚嫩到成熟，从困惑到感悟，从幻想到现实，但凡所经历必然有所思。

而这里的所思，可能是风花雪月，可能是某个场景，亦或是某个向往，似乎是清泉流淌过，留下的却是炙烈。或许执着、专注才是真正要阐述的情绪。

从一句话到一段文字，再到抒情叙事，情感总是不变的，一直到现在。

淡絮芬芳三月花，花何解剔透晶莹。

有的人向往沏茶听曲，闲坐高阁，静看是是非非。

有的人向往金戈言志，豪气冲天，披荆斩棘闯出一番天地。

有的人向往渔牧锄田，采菊东篱下，悠然见南山。

向往，才是我们最大的驱动力，才是我们最美好的梦。从一开始这般的庆幸相识，到现在这般的相知，到未来如此前般的庆幸相识。

而此处的向往却是最简单最清新也是最真挚的，真挚到我们有的人在文学一途有所作为，有的人在商业一途有所作为，每个人都在不同的岗位上为人生奋斗，即使命运不同，但那时文学社的情一直延续到现在。

是啊，回过头来，通过文字似乎又看到当时文学社的壮志未酬和齐心合力。

是啊，这里面是青春，我们的青春，相信也是大家的青春。